RIVERDALE

EL DÍA ANTERIOR

D0067919

RIVERDALE

EL DÍA ANTERIOR

Una precuela por Micol Ostow

Traducción de María Celina Rojas

ROUND LAKE AREA
LIBRARY
906 HART ROAD
ROUND LAKE, IL 60073
(847) 546-7060

Argentina – Chile – Colombia – España
Estados Unidos – México – Perú – Uruguay

Título original: *Riverdale. The Day Before*
Editor original: Scholastic INC.
Traducción: María Celina Rojas

1.ª edición: febrero 2019

Reservados todos los derechos. Queda rigurosamente prohibida, sin la autorización escrita de los titulares del *copyright*, bajo las sanciones establecidas en las leyes, la reproducción parcial o total de esta obra por cualquier medio o procedimiento, incluidos la reprografía y el tratamiento informático, así como la distribución de ejemplares mediante alquiler o préstamo públicos.

© 2019 Archie Comics Publications, Inc. All Rights Reserved. Riverdale and Archie Comics are trademarks and/or registered trademarks of Archie Comics in the U.S. and/or other countries.
Cover image © 2019 Warner Bros. Entertainment Inc.
Spanish-language edition published by EDICIONES URANO, S.A.U.,
by arrangement with Scholastic Inc., 557 Broadway, New York, NY 10012, USA.
This Book was negotiated through Ute Körner Literary Agent, Barcelona
www.uklitag.com
All Rights Reserved
Plaza de los Reyes Magos, 8, piso 1.º C y D – 28007 Madrid
www.mundopuck.com

ISBN: 978-84-92918-36-2
E-ISBN: 978-84-17545-20-8
Depósito legal: B-3.086-2019

Fotocomposición: Ediciones Urano, S.A.U.

Impreso por: Rodesa, S.A. – Polígono Industrial San Miguel
Parcelas E7-E8 – 31132 Villatuerta (Navarra)

Impreso en España – *Printed in Spain*

PRÓLOGO

JUGHEAD

Riverdale es conocida como «¡la ciudad de la vitalidad!». Pero si te quedas por aquí lo suficiente te percatarás de cuántas de esas sonrisas forzadas están ocultando en realidad un armario tan grande como el de Narnia, repleto de secretos. Seguro, cada ciudad pequeña esconde sus cosas. Pero incluso aquellos que hemos crecido aquí, que hemos vivido toda nuestra vida en Riverdale, estamos conmocionados por lo que está saliendo de la caja de Pandora.

Créeme, yo lo sé. Últimamente, he notado que todos los que me importan están enredados en un melodrama Lynchesco tras otro.

Riverdale es una ciudad de tradiciones Rockwellianas: el banquete de tortitas a medianoche hacia el final del invierno, los dibujos en la escarcha sobre las ventanas de la alcaldía y las volutas de vapor que salen de nuestras bocas cuando —si— nos atrevemos a salir. O el fin de semana del Baile de Bienvenida del instituto Riverdale, un culto prefabricado por la televisión a la esencia de la cultura estadounidense: fútbol, bailes y orgullo de ciudad pequeña.

Pero mi tradición favorita —en realidad, la única que significa algo para mí— es el Carnaval Estival anual del Cuatro de Julio. En general, Betty, Archie y yo asistíamos juntos, y nos atiborrábamos de perritos calientes y algodón de azúcar, y poníamos a prueba nuestras habilidades en el tiro al blanco del tanque de agua —Betty siempre tenía la mejor puntería—. Por la noche, Archie y yo nos dirigíamos a Centerville para ver los fuegos artificiales y Betty se quedaba a presenciar el espectáculo de Riverdale con su hermana Polly (nunca le importó ser la tercera en discordia con Polly y —más recientemente— su novio, Jason, con el cual eran inseparables). El Carnaval Estival es nuestro evento. Lo que siempre hemos hecho. Archie y yo comenzamos a asistir incluso antes de que pudiéramos caminar, gracias a nuestros padres. Betty empezó a venir con nosotros en el primer curso. Y es algo fijo desde entonces.

O, debería decir: era algo fijo.

Porque este verano, todo es diferente. Betty está en L. A., perfeccionando su escritura en unas prácticas en Hello Giggles. (Por no mencionar que Polly y Jason tuvieron una ruptura épica y despiadada al nivel de La Guerra de los Rose). Archie está ocupado trabajando en la construcción con su padre...

Para ser sincero, no lo veo mucho últimamente. No lo sé. No me preguntes sobre ello.

¿En cuanto a mí? Hasta ahora, lo usual para el verano. Estoy trabajando por las noches en el autocine Twilight, intentando ganar algo de dinero y procurando mantenerme fuera de casa, y también lejos del alcance de mi padre...

Mantenerme fuera es lo que mejor hago, observar las cosas a la distancia y escribirlas después.

Mientras tanto, si bien ninguno de nosotros lo sabía entonces, en Nueva York, una joven de la alta sociedad llamada Veronica Lodge estaba viviendo despreocupadamente su propia versión de Gossip Girl, cortesía de su padre, Hiram Lodge y su infinita cuenta bancaria. Los padres de Veronica tuvieron una historia en Riverdale, pero, ey... eso no tiene nada que ver con nosotros.

Bueno, eso era lo que nosotros pensábamos, de cualquier manera.

El efecto mariposa indica que las causas pequeñas tienen efectos impredecibles, y catastróficos. Una acción. Una cascada de ondas pequeñas. Un resultado que nadie puede predecir.

Eso nos sucedió ese verano. A Archie, a Betty, a Veronica y a mí. Fue el tres de julio. La festividad se extendía delante de nosotros como una promesa rota. Estábamos separados pero entrelazados de maneras que nunca habíamos imaginado. Estúpidas y pequeñas mariposas, aleteando ciegamente nuestras alas.

PARTE I: MAÑANA

De: DDoiley1@ScoutsAventureros.net
Para: [lista: Todos_Scouts_Emails]
Re: Lista de provisiones nocturnas

A todos los Scouts Aventureros:

Con suerte, todos estaréis preparados para la acampada de esta noche. (¡No seríais mis scouts si no supierais cómo prepararos para cualquier situación inesperada!). Por favor, leed la lista de provisiones:

    *mochila de marco externo

    *tienda de campaña

    (¡No os olvidéis las estacas, las cuerdas, ni el aislante para la tienda! El suelo del bosque Sweetwater se vuelve muy lodoso).

    *saco de dormir (funda opcional)

    *cortaplumas (no *navajas de bolsillo*, de acuerdo con las normas del jefe de tropa)

    *linternas (y baterías extra)

    *bañador

    *calzado resistente al agua

    *ropa abrigada, pijamas y calcetines para dormir

    *botella de agua

    *barritas energéticas y otros bocadillos pequeños

    *protector solar

    *protector labial

    *papel higiénico

    *repelente de insectos

    *cepillo de dientes/kit para baño de acuerdo con sus necesidades

Yo llevaré el kit de **primeros auxilios**. Quizás también queráis traer una **cámara, prismáticos** y la **guía adjunta del bosque Sweetwater** (aunque a estas alturas ya deberíais estar familiarizados con su topografía).

También deberíais estar preparados para dos rutas intensas: la primera, antes de montar el campamento de esta noche, y la de mañana al amanecer. Se entregarán insignias a quienes puedan identificar correctamente especies selectas de flora y fauna en una o ambas rutas.

¡Estoy deseando disfrutar del día festivo con unos scouts en entrenamiento tan capaces como vosotros! Hacedme saber si tenéis alguna pregunta.

Los saluda atentamente,
Jefe de tropa Dilton

Cheryl:

> Jay-Jay, para que lo sepas, papá te está buscando. Furioso. Actúa con cautela, pero tendrás que enfrentar las consecuencias en algún momento.

Jason:

> Gracias, estoy en ello. ¿Te veo pronto?

Cheryl:

> En camino. Acabo de evitar a nuestro querido padre, obviamente. Besos.

1

BETTY

Querido diario:

¡No me puedo creer que ya casi sea Cuatro de Julio! Es muy extraño estar celebrándolo aquí en L. A., lejos de Polly, Archie y Jughead. No recuerdo la última vez que nos hayamos perdido el Festival de verano de Riverdale. Supongo que debió haber sido aquel verano, cuando Archie se rompió el brazo construyendo una casa del árbol con Jughead, y nos quedamos todo el día leyendo cómics y comiendo piruletas rojas, blancas y azules. Nuestras lenguas se volvieron de un color púrpura brillante, y Juggie se comió tres paletas por cada una que Archie y yo comimos. Pero eso fue hace años.

Echo de menos Riverdale, por supuesto, y a mis amigos. Pero L. A. es ALUCINANTE. Puede que la casa de mi tía Gertrude huela un poco raro (sea lo que sea, de verdad creo que las paredes han absorbido el olor. Es como una mezcla extraña entre ajo y jabón de anciana), pero vive justo al lado del Runyon Canyon. Así que todos los días puedo caminar por allí antes de ir al trabajo. La vista es espectacular. Fascinante. No hay nada así en Riverdale.

El clima es increíble, el camarero de Blackwood Coffee ya se sabe mi pedido de memoria —*pour-over*, leche y dos de azúcar—…
Ah, y una cosa más…

Sí, hecho de menos a Polly. ¿Pero estar lejos de mamá por primera vez?

Eh, no está nada mal.

Obviamente, la quiero y sé que ella me quiere, pero es muy controladora. Por primera vez siento que tengo un poco de independencia. Y no es una mierda.

También me encanta trabajar en *Hello Giggles*. Aun cuando todavía tengo que ganarme a mi jefa, es decir, la editora de secciones, Rebecca Santos. No sé si piensa que soy una pueblerina ignorante o qué, pero no me presta ni la más mínima atención.

Sé que soy la chica nueva, y no soy de la ciudad, y probablemente sea la de menor experiencia en el equipo, pero hasta ahora Rebecca solo me ha estado enviando a hacer recados, a buscar café, coordinar reuniones, enviar paquetes, cosas de asistente personal.

Pero aun así me encanta el trabajo. Aunque lo más cerca que he estado de escribir algo es cuando he etiquetado archivos. Rebecca me hace escribir las etiquetas primero en lápiz y luego remarcar el lápiz con un Sharpie. *Tal vez* tenga algo relacionado con un TOC. De todas formas, no es exactamente material para Pulitzer.

Rebecca me mantiene ocupada, lo que es bueno. Por muchas razones. Al menos significa que no podré pensar demasiado en la desgracia de pasar mi verano aquí en L. A.… de estar lejos de mis amigos durante el Cuatro de Julio.

Ufff, ¿a quién estoy engañando, diario? La desgracia es estar lejos de *Archie*.

Polly:

> Ey, hermanita. ¿Estás por ahí? Quiero hablar contigo. También necesito más detalles de ese «Gran Brad» que conociste. Suena muy... no-Archie. Eso no puede ser algo malo. Te echo de menos.

Betty:

> ¡Yo también! Pero puedes llamarlo simplemente «Brad». POR FAVOR :) Totalmente no Archie. En el buen sentido. Pero también no Archie. En el mal sentido.

«Gran Brad». Así fue cómo se presentó. Fue tan deliberadamente cursi que no me quedó otra opción que reírme, supongo que esa era la intención.

Lo conocí durante mi segunda semana aquí. Por fin me estaba acostumbrando a la energía de L. A.: el tráfico enloquecedor, tener que estar en la carretera durante varias horas, todos los días, que el clima sea siempre el mismo (en serio, nadie aquí sabe qué hacer en las extrañas ocasiones en las que llueve. Se ESPANTARÍAN si tuvieran que atravesar un invierno en Riverdale, aun con todo el jarabe de arce que tenemos, suficiente para mantener a la ciudad entera en una dieta infinita a base de este producto), el hecho de que incluso la gente común se parezca a los famosos, y quizás sean famosos en potencia, después de todo. Aun me sentía como la chica pueblerina en la gran ciudad, porque ¿cómo podría ser si no? La verdad es que *toda* mi ropa tenía alguna clase de estampado floreado de color rosa. Era como llevar puesto un cartel en mi frente que dijera TURISTA... O EXTRATERRESTRE. Pero estaba comenzando a adaptarme a los ritmos de la ciudad y, aunque me sentía extranjera, también me sentía cómoda.

Polly me siguió enviando mensajes, preguntándome sobre los chicos de L. A., y yo continuaba respondiendo: en general los chicos no me prestan atención. Soy la chica «dulce». La vecina de al lado. Y el único chico que siempre deseé que se fijara en mí realmente me quiere... pero tal vez no de la manera en la que yo deseo. Para él, yo *soy* la vecina de al lado.

(En realidad no sé con seguridad qué siente. Siempre he tenido demasiado miedo de preguntarle).

Era un viernes de verano, y Rebecca me había ordenado pedir sushi para la oficina (*rolls* de gambas en tempura, arroz integral, mayonesa extra picante para acompañar y una ensalada hijiki. Ya me sabía de memoria el pedido de Rebecca). Pero a pesar de que había llamado con anticipación, la empleada dijo que estaría listo en un rato, así que agarré mi libro (*Ojos azules*, mi relectura favorita, por supuesto) y me senté en el césped de Maguire Gardens, que siempre es genial para observar a la gente.

Era uno de esos días que incluso huele a verano: todo está verde y florecido, el cielo tiene esa clase de azul que uno ve en las fotografías profesionales. Pero esto era la vida real. Hashtag sin filtro.

De pronto, una sombra cubrió la página.

—Leyendo algo ligero, ¿no es así?

Levanté la vista. Era un chico que parecía de mi edad, estaba vestido de manera informal con una camiseta y un pantalón cargo, y tenía el pelo de color rubio arena, como un surfista. Me estaba dedicando una sonrisa digna de un anuncio de pasta dental.

Me sonrojé.

—Supongo que no es exactamente una lectura de verano, pero es mi favorita —respondí. Por decirlo de una forma disimulada. Toni Morrison es mi ÍDOLA. *Hello Giggles* le está organizando una firma de ejemplares este verano y me muero por formar parte de los preparativos. Estoy soltando algunas indirectas «sutiles» (como llevar uno de sus libros conmigo en todo momento) desde que me enteré del evento.

—Si esa es tu lectura de verano, vas a necesitar otra distracción —bromeó. Cuando sonrió, los rabillos de sus ojos se arrugaron.

—¿Qué sugieres? —pregunté. ¿Estaba coqueteando? Quizás la Betty de L. A. podía coquetear. Quizás la Betty de Riverdale podría aprender una o dos cosas de ella.

Sonrió otra vez.

—Esperaba que preguntaras eso. Mi sugerencia número uno es esta: déjame ser tu director recreativo. —Debía haberme mostrado sorprendida, porque añadió—: O, ya sabes, solo una cena. Perfil bajo. Juro que no soy un rarito psicópata asesino. Lo prometo.

—Mmm. —Fingí considerarlo—. Bueno, siempre y cuando no seas un rarito psicópata asesino. Me gusta lo del perfil bajo.

—¿Ves? Somos almas gemelas.

Almas gemelas. Vi un destello del pelo rojo de Archie, sus pecas, y esos ojos verde profundo. Pero, aunque Archie y yo solemos comer juntos en Pop's, esos encuentros nunca podrían ser considerados citas.

—Aquí tienes mi teléfono. ¿Me darías tu número? —Me lo entregó. Después frunció el ceño—. Ah. Y también sería bueno saber tu nombre. Supongo que me he adelantado un poco.

Reí.

—Es Betty. Betty Cooper. —Sujeté el teléfono y luego solté un grito ahogado cuando vi la hora. El *roll* de camarones en tempura de Rebecca ya estaría frío. Mierda. Anoté mi número tan rápido como pude, agarré mis cosas y me di la vuelta para irme—. Siento tener que salir corriendo, pero tengo… mis prácticas…

—No hay problema. Me puedes hablar sobre ello. En la cena.

Sonreí, y me pregunté si los rabillos de mis ojos también estarían arrugándose.

—En la cena.

—¡Ah! Y por cierto, soy Brad. O, dado que supongo que eres nueva en el estilo de vida de California del sur, puedes llamarme Gran Brad.

Lo miré.

—Vale, pero ¿también puedo <u>no</u> llamarte así? —¡La Betty de L. A. ataca con su ligoteo de nuevo! Impresionante. Y un tanto divertido.

—Betty Cooper, puedes llamarme como quieras. Pero probablemente deberías regresar al trabajo antes de que tu jefa te atrape coqueteando con surfistas en tu hora del almuerzo.

De: KweenKatJosie@Pussycats.net
Para: [lista: Bad_Kitties]
Re: Lista de canciones para mañana

Mis más eminentes diosas/hermanas/cantantes:

Gracias a las dos por haber sido tan increíbles en el ensayo de ayer. Claramente, somos las mejores.

No os olvidéis, nos veremos hoy en el instituto a las 2:00 p. m. en punto para otra sesión antes del gran espectáculo de mañana por la noche en la plaza de la alcaldía. Adjunto la lista. Leedla, haced vuestras anotaciones y venid preparadas para defender cualquier nota o cambios que queráis sugerir.

Mañana nos reuniremos en la plaza a las 4:00 p. m. para una prueba de sonido. Puntualidad, señoritas. Puede no importarnos llegar a la proyección anual del *Día de la Independencia* en el Twilight (¿piensa Jughead Jones que está siendo irónico o algo así?), pero siguiendo la tradición Pussycat, necesitamos algo de tiempo para organizar la fiesta previa a nuestra presentación.

Por último, pero no menos importante, si alguna ve a Reggie Mantle por allí, os sugiero que lo evitéis. Ha estado ofreciéndose a «representar» a las Pussycats. *No* permitáis que os atrape a menos que estéis buscando tener un dolor de cabeza. ¡Y no nos podemos dar ese lujo!

Besos y abrazos,
J

2

JUGHEAD

La caravana siempre está en un estado de lo más repulsivo —¿o debería decir «mugriento chic»?— por la mañana temprano; es una pena que sea madrugador por naturaleza. El pequeño rayo de luz del amanecer que lucha por filtrarse a través de las ventanas diminutas de este sitio solo termina arrojando sombras sobre los muebles avejentados de segunda mano e iluminando las pelusas de suciedad de cada uno de los rincones. Prácticamente es un homenaje artístico a la dejadez.

Hasta ahora, la mañana no ha sido diferente a las demás. El humo rancio del cigarrillo y el olor a cerveza barata cargaban el aire. Me senté en el sillón con esfuerzo —haber llegado antes que mi padre anoche implicó que pude ocuparlo; lo menos que podía hacer para dejarle el dormitorio— y miré a mi alrededor.

La estancia estaba vacía. Parecía vacía, también, de esa manera negativa y que produce eco, de ese modo que realmente no puedes explicar, pero que comprendes de forma intrínseca. En algunos lugares, uno simplemente puede sentir el vacío en los huesos.

Llegar antes que mi padre también significaba que él llegaría tarde. Y eso significaba…

Bueno, nada bueno.

Las peleas constantes de mis padres eran horribles, y mi estómago se retorcía al observarlos gritarse delante de Jellybean, quien, en particular, parecía muy afectada por ello. Pero cuando mi madre le gritaba a mi padre, aun cuando eso era horrible para Jellybean y para mí, por lo menos eso significaba que ambos estaban en el mismo sitio, juntos.

«Será solo durante un tiempo», fue lo que ella me dijo, justo antes de cargar una maleta desvencijada en el maletero de un coche usado más desvencijado aún, asegurar a Jellybean en el asiento trasero, incluso cuando mi hermana no dejaba de insistir en que tenía la edad suficiente para viajar en el asiento del pasajero, y marcharse. «Solo hasta que tu padre se recomponga». Como si «recomponerse» fuera algo fácil, una lista de acciones dictada por la sociedad que mi padre pudiera cumplir punto por punto hasta que, de alguna manera, por un milagro, volviera a ser una persona compuesta.

Como si mi padre hubiera sido alguna vez una persona compuesta.

No era que yo no quisiera creer en él. O en ellos. Pero a los dieciséis, no podía recordar *ni una vez* en la que mi padre hubiera sido una persona «compuesta». No pintaba bien para los planes de mi madre.

Y sobre el motivo de que no me hubiera pedido que la acompañase, intentaba no pensar en qué significaba eso. Alguien tenía que quedarse aquí con mi padre, de todas formas, y controlar su existencia decididamente no-compuesta. Así que aquí estaba yo, lo opuesto al hijo pródigo, dejado atrás, en Riverdale, para mantener la guardia.

Sería más fácil vigilarlo si alguna vez estuviera por aquí. Pero supongo que eso es lo que importa.

La mayoría de los chicos cuentan los días que faltan para las vacaciones de verano. Para ser sincero, en verdad, yo echaba de menos la rutina del curso escolar, tener un ritmo todos los días (aun si ese ritmo involucraba cuestionarios y entregas trimestrales y cosas como esas). O tal vez era solo que *este* verano parecía particularmente desdibujado, con mi madre y Jellybean lejos, y Betty fuera de la ciudad… y Archie enganchado con… no sé quién, él *nunca* está por aquí, y es imposible que sea porque está trabajando tanto en las construcciones con su padre. No me creo *eso*.

Alguna vez, Archie y yo fuimos prácticamente hermanos. Nuestros padres eran socios, y crecimos juntos. Pero está distinto últimamente. Y cuando fui a buscarlo hace tres semanas para contarle lo sucedido con mi madre, que se había ido y se había llevado a Jellybean con ella, bueno, él simplemente estuvo ausente. Literalmente. Y no me respondió ningún mensaje. Mi mejor amigo solo me… ignoró.

¿Cuánto dura «solo un tiempo»?

Me duché para quitarme algo de la humedad de la noche, me vestí con prisa y guardé mi destartalado teléfono, que tenía la pantalla partida, en un bolsillo (ningún mensaje), y mi cartera tristemente vacía en el otro. Trabajaría esa noche, por lo tanto no estaría vacía durante mucho tiempo, por lo menos. Pero antes de llegar al Twilight para preparar todo para nuestra proyección totalmente no irónica del *Día de la Independencia* del tres de julio, quería escuchar a Archie decirme frente a frente que no iríamos a Centerville a mirar los cursis fuegos artificiales y a tener un momento de conexión. (Lo sé, lo sé… pero es la tradición).

Y eso significaba buscar a mi padre y a Archie.

¿Por qué tenía la sensación de que ninguno de los dos me lo haría especialmente fácil?

Caminé desde la caravana hasta Pop's; no era lo ideal, pero no creí que arrancar la camioneta de mi padre para encontrarlo y preguntarle si podía usar su camioneta para un viaje fuese lo indicado. (Por supuesto, la pequeña ciudad de Riverdale nunca parece tan pequeña como en realidad es cuando la estás recorriendo a pie). Cuando salí, la camioneta estaba aparcada enfrente de nuestra casa, lo cual significaba que mi padre se había montado en su motocicleta (eso, comentario aparte, no era en realidad una elección mucho mejor que la camioneta, si es que había estado bebiendo, pero eso era algo que pensaría más adelante, si es que lo hacía alguna vez). En fin, dejé la camioneta donde estaba y seguí caminando.

Escogí el camino más largo, lo que no tenía sentido, a menos que uno supiera que pasaría por la calle de Archie con la esperanza de verlo y hablar sobre mañana por la noche. La calle estaba sumida en silencio, hileras de casas aún oscuras, esperando con serenidad a que el sol saliera por completo. La única ventana iluminada era la de Archie, de hecho; esto era un tanto extraño teniendo en cuenta lo temprano que era. Supuse que significaba que estaba despierto. Pero incluso después de esperar algunos minutos, sintiéndome un acosador —*ah, es solo Jughead Jones, merodeando en las sombras como siempre, como el rarito que es*—, no había signos de movimiento allí arriba. Podía ver su cama claramente, pero él no estaba allí.

Suspiré y saqué mi teléfono del bolsillo. «¿Estás despierto?» escribí, y me sentí como un pervertido en una llamada erótica en lugar de ser solo un chico común (aunque algo raro y un poco acechador) que está intentando hablar con su amigo. Observé con atención la ventana, pero no había nada. Y ningún mensaje apareció en mi pantalla, ni siquiera esas pequeñas burbujas tortuosas que indican, mínimamente, que hay alguien al otro lado que por lo menos está *pensando* qué responder. Así que, después de algunos minutos —más de los que en realidad quisiera admitir, para ser sincero— me encogí de hombros, guardé mi teléfono y seguí caminando a través de la ciudad hasta Pop's.

No tenía ni idea de dónde estaría Archie a esa hora. Diría que estaría con su padre, temprano en el lugar de trabajo. Esa hubiera sido la forma más fácil de racionalizar su ausencia. Pero requeriría fingir que no había visto la camioneta del señor Andrews aparcada en la entrada de su casa. Lo que quería decir que él no estaba en el trabajo. Y si el señor Andrews no estaba en el trabajo, Archie tampoco estaría allí. Ni siquiera yo podía aceptar esa disonancia cognitiva.

Así que, ¿dónde diablos se encontraba Archie?

Cuando llegué a Pop's, el sol ya se alzaba, y mi cuerpo estaba pegajoso por el calor. Todavía era temprano, por lo tanto, el aparcamiento se encontraba vacío… pero no desierto por completo, como hubiera esperado. Sartre decía: «El infierno es el otro», y no tenías que pasar demasiado tiempo conmigo para saber que yo estaba completamente de acuerdo con él.

(Quiero decir, teniendo en cuenta ese lema, probablemente no lograrías pasar mucho tiempo conmigo, de todas formas. Y no querrías hacerlo si pudieras).

Aún nada de Archie. No hubiera sido extraño, dado lo temprano que era, excepto que *sabía* que no estaba en su casa, por lo tanto, tenía que estar despierto. Eso solo añadía más forraje para el enigma en el que Archie Andrews se había convertido.

De hecho, la última vez que lo había visto en persona había sido en Pop's hacía una semana exactamente. Fue, como dicen, en una noche oscura y tormentosa, y yo estaba acurrucado en un reservado, solo, intentando escribir. Últimamente, es algo que hago mucho. No tengo ni idea de si lo que escribo es bueno —probablemente no, ¿a quién quiero engañar?—, pero de cierta manera no me importa. Cuando estoy escribiendo, puedo desconectarme de la realidad y al mismo tiempo procesar las cosas. Para mí, es el mejor de todos los mundos posibles.

Por supuesto, me doy cuenta de que «era una noche oscura y tormentosa» sea quizás la forma *más* cliché que tiene un autor de presentar la ambientación de una historia, pero, ya sabes, hay que escribir tu verdad y todo eso. Así que esa noche era oscura y tormentosa. No puedo cambiar cómo era el clima.

Pop me hacía bromas por pasar tanto tiempo solo en el reservado, encorvado sobre mi harapiento portátil viejo —uno pensaría que él ya estaría acostumbrado—, pero esta noche me estaba ocasionando una tristeza adicional, al decirme que si pasaba más tiempo refugiado en mi escritura —aun cuando técnicamente estaba en público—, me convertiría en un personaje de una película de terror, como el protagonista de *El resplandor* o peor.

«Los hombres como esos no viven en Riverdale», contesté. Lo creía en ese entonces. Aunque, muy pronto, aprendería lo contrario.

Era tal el caos que había afuera que, durante horas, solo estuvimos Pop y yo en la cafetería. Algunas personas pasaron a retirar pedidos, pero quedaba bastante claro que Pop estaba manteniendo el lugar abierto solo para que yo pudiera permanecer allí. Es un buen tipo, y yo no quería abusar de su generosidad. Estaba comenzando a pensar en juntar mis cosas e irme —preguntándome si regresaría a la caravana, donde la ausencia de mi madre y Jellybean persistía como una mancha que la lejía no podía borrar por completo, o a qué otro lugar podría dirigirme— cuando la campanilla repicó y alguien entró a la cafetería.

Escuché a Pop exclamar —«¡Archie! ¡Mira lo que ha traído la lluvia! ¿Qué estás haciendo afuera con este clima?»— antes de levantar la mirada y ver quién era.

—Jughead. —Archie tenía el pelo pegado a la frente por la lluvia, y un charquito se estaba formando a sus pies. No parecía como algo que hubiera traído la lluvia; daba la sensación de ser algo que hubiera sido arrastrado a través del *infierno*, y el clima solo había sido una parte de su viaje. Tenía una expresión inquieta en los ojos. No, peor que *inquieta*. Quizás incluso *perturbada*.

—Hola —saludé, sin saber cómo reaccionar ante él. Después de un segundo de observar cómo las gotas de lluvia se agolpaban en las puntas de sus dedos y se deslizaban hacia el suelo, le hice un gesto—. ¿Quieres sentarte?

Estaba dubitativo, lo que definitivamente era un golpe aun más duro. Hubo un tiempo en el que ni siquiera le hubiera tenido que preguntar, y él no se lo hubiera pensado dos veces. Y no había sido hace mucho.

Un verano puede cambiarlo todo, supongo.

Me encogí de hombros como si no me importara e intenté creerme mi propia actuación. Se sentó.

—Hola.

—Cuánto tiempo —dije, ya que al parecer *solo* estaba pensando en clichés esa noche—. ¿Qué has estado haciendo?

—Trabajando para mi padre, ya sabes. Vertiendo cemento. —Hizo una mueca—. No es exactamente el trabajo de mis sueños, pero mi padre necesita la ayuda. En fin.

—En fin —respondí. *Mi* padre trabajaba para el señor Andrews; Archie no necesitaba decirme lo extenuante que era el trabajo.

—Y… sigues escribiendo —continuó, y asintió hacia la portátil que tenía delante de mí.

—Eso intento. No es exactamente material para el Premio Nacional del Libro. Quién sabe si alguna vez alguien querrá leer esto.

Su rostro se suavizó, como si estuviera pensando en algo muy lejano.

—Vamos. Por supuesto que sí. Tú siempre fuiste el mejor creando historias. ¿Recuerdas todas esas acampadas que teníamos en la casa del árbol? Tus historias de fantasmas siempre eran las más aterradoras. Tenía que fingir que no estaba asustado. Casi siempre quería regresar a casa corriendo y esconderme debajo de la cama con Vegas.

Sonreí.

—Sí, lo recuerdo. Y eras pésimo fingiendo...

Podía leerte como a un libro, Arch, pensé. *Todavía lo hago*. El trabajo en las construcciones no explicaba por qué nos habíamos distanciado, por qué nunca estaba presente. Y tampoco explicaba la expresión triste e inquieta en su rostro.

—Ey —soltó de pronto, pareciendo un tanto nervioso, pero también tímido—. ¿Qué sucedería si te contara que... yo también he estado escribiendo? Miró hacia la mesa, como si eso fuera lo más vergonzoso que me pudiera haber revelado.

—No me lo creería. —No tenía que avergonzarse, pero era una sorpresa. ¿El futbolista Archie escribiendo? *Inesperado* era lo mínimo que podía decir—. ¿Escribiendo una novela o algo así?

—Eh, más que nada poesía —aclaró, y se ruborizó apenas.

—¿Poesía? ¿Tú?

—Sí, no lo sé. Más como, no sé, quizás... ¿letras de canciones?

Ahora parecía mortificado por completo. Sacudió la mano.

—Olvídalo. En fin. —Su ínfimo momento de vulnerabilidad se había terminado—. ¿Qué harás para el Cuatro?

—*Día de la Independencia* en el Twilight el tres, como dicta la tradición. Pero cerramos el Cuatro, así que tengo el día libre.

—Claro, por supuesto. Genial. —Se pasó una mano por el pelo, pensativo.

No tengo ni idea de qué me poseyó para decir lo que dije. Había estado pensando en ello durante semanas… maldita sea, se me cruzó por la mente cuando desperté esa mañana. Pero las cosas con Archie parecían demasiado rotas. Iba a dejarlo pasar. Pero después cambié de opinión.

Quizás fue la expresión melancólica de su cara. Quizás fue la conversación sobre la casa del árbol, sobre cuánta historia tenemos juntos.

—¿Recuerdas cuando solíamos viajar a Centerville cada año para ver los fuegos artificiales?

—Buenos tiempos.

—¿Por qué no lo hacemos de nuevo este año? ¿Subimos al autobús? Una visita al pasado.

Tuve un estallido de nervios, como si Archie fuera a darme un puñetazo en el estómago si me respondía que no. Pero sus ojos se iluminaron.

—Sí. Sí, ¡suena como un gran plan! ¿Vienes a casa a las cuatro?

—Por supuesto —respondí, y durante un segundo pareció que todo lo nuestro nunca hubiera cambiado.

Era desesperante lo mucho que deseaba que eso fuera cierto. Para el momento en el que me di cuenta dónde estábamos realmente Archie y yo, lo precaria que se había vuelto nuestra antigua y familiar amistad… bueno, para ese momento era demasiado tarde para ser más que un asunto terminado.

INFORME DE PESCA DEL RÍO SWEETWATER PARA EL CUATRO DE JULIO

Flujo de agua: 20.133 LPS
Visibilidad: 91 cm
Temperatura del agua al mediodía: 10 °C
Condición del agua: Clara
Mejor momento del día para pescar: A última hora de la mañana hasta las primeras horas de la noche
Mejor tramo: Pasando la caleta Striker
Mejor punto de acceso: Parque situado en la base de la entrada del campamento, 5,4 km de camino cuesta abajo
Especies de pesca: Trucha
Temporada de pesca: 1 de abril hasta el 30 de noviembre
Tippet recomendado para pesca con mosca: 4X tippet
Mejor caña para pesca con mosca: 2,7 m, peso de línea 5
Mejor línea de flote para mosca: Línea WF Trout
Mejor línea de hundimiento: Línea Class V Sink Tip

* * *

La oficina de la alcaldía de Riverdale y el Departamento de Parques y Recreación te desean una gran fiesta y ¡SEA PRECAVIDO!

3

VERONICA

«Al que madruga, Dios lo ayuda, cariño», decía siempre papikins. Pero sinceramente, ¿de verdad debía creer eso? Eh, ¿en serio? Prefería seguir durmiendo.

Entonces, puedes imaginar lo furiosa que me puse cuando encontré a mi madre cerniéndose sobre mí como una especie de ogresa increíblemente hermosa y peinada a la perfección. Había levantado la persiana de mi dormitorio, me estaba sacudiendo los hombros con suavidad y daba unos golpecitos en el suelo con sus cómodos zapatos Valentino sin tacón.

—Ronnie, tenemos que irnos —anunció, y un atisbo impaciente se apoderó de su tono de voz—. Pronto. Ya sabes que tu padre tiene un horario que cumplir. Katie, lo siento, pero tendrás que irte.

Le eché un vistazo a mi reloj Cartier, una baratija que me había regalado mi padre, por supuesto. Apenas eran las 7 a. m. Definitivamente no era un horario civilizado.

—A menos que, Katie... —Uff, mi boca parecía seca y pastosa, y me latía la cabeza por la fiesta de la noche anterior—... a menos que quieras acompañarnos. Última oportunidad para cambiar de opinión. ¿De verdad te vas a perder la fiesta del verano?

Con cuidado, entrecerrando los ojos hacia el sol, me volví hacia un lado y me incorporé sobre un codo. Enarqué una ceja hacia mi mejor amiga, quien había dormido, como tantas otras noches de verano, en la cama adicional que había en mi dormitorio después de que la fiesta de la noche previa se hubiera extendido más de lo esperado. Se quedaba a dormir tantas veces que tenía su propio envase de La Mer en cada baño Lodge.

Katie me sonrió y dejó al descubierto sus cegadores dientes blancos, cortesía de la ortodoncia más elegante que el Upper East Side tenía para ofrecer.

—Pero, Veronica —dijo con un ronroneo burlón—, sí voy a asistir a la fiesta del verano. La fiesta anual del Cuatro de Julio de Kelly Klein en el East Hampton es legendaria. El año pasado hubo un muro hecho de donuts que formaban la bandera estadounidense. Y supuestamente Rihanna vendrá.

Resoplé.

—¿Rihanna? Por favor. Si tienes suerte, *quizás* veas a una de las caprichosas Kardashian. No puedes lanzar un Louboutin en el East End sin encontrarte con alguna de ellas. Y si hubiera sabido que solo te interesaban las fiestas temáticas de comida, hubiera pedido *macarons* rojos, blancos y azules de Ladurée. Ya sabes que Claude le pasó su teléfono personal a nuestro chef.

—No seas tonta, Veronica, *sabes* que nuestro menú está establecido hace meses —interrumpió mi madre con seriedad, y una sonrisa en sus ojos marrones la traicionó. Sin embargo, su boca seguía manteniendo una línea firme—. Katie, querida, sabes que nos encantaría que te quedases con nosotros. Pero si te vas a quedar en los Hamptons es hora de que comiences a despedirte. El Capitán quiere salir en treinta minutos. Por pedido del señor Lodge.

Todos sabemos que los «pedidos» del señor Lodge eran todo menos eso.

Solté un quejido.

—Mamá, eso apenas es tiempo suficiente para un capuchino doble, y las dos lo necesitamos con desesperación.

Katie asintió y puso los ojos como los de un cachorro.

—Eso y una dosis industrial de aspirinas —comentó, restregándose las sienes.

Mi madre ignoró la exageración de Katie y se cruzó de brazos.

—Le diré a Marta que baje con café y analgésicos. Y probablemente pueda pedirle a tu padre cuarenta y cinco minutos. Pero no prometo nada, así que —hizo un gesto de «apresuraos» con la mano— poneos en marcha.

—Pídele una hora. De esa forma te dará, *nos* dará, cuarenta y cinco. —Sonreí.

Pueden decir lo que quieran sobre mi padre (y hay mucho para decir), pero a él le encanta una buena negociación. ¿Y más que negociar? Le encantan las lagunas legales. De hecho, las quiere tanto que nombró a su yate el *SS Laguna legal*. Y como cualquier otra laguna legal, este barco hizo un gran trabajo en llevarnos exactamente a donde queríamos estar.

Katie y yo nos vestimos deprisa, Katie contoneándose para quitarse el pijama prestado y regresar al vestido de Stella McCartney que había llevado puesto durante la salida de la noche anterior.

—Huelo a hoguera —protestó, y sacudió los brazos bronceados a través de las arrugadas mangas cortas de su vestido.

—Querida, si hueles como la noche de ayer, sabes que fue una buena noche —respondí. Al menos ella lo reconocía; la fiesta improvisada de Luke en Georgica Pond había sido épica. Fue la clase de fiesta que te hace olvidar tu toque de queda, quién ha sido tu enamorado del verano hasta esa noche, y que agrega otra capa de pintalabios brillante al significado de *épica*.

Ambas nos reímos. Katie ha sido mi compinche desde el primer día de preescolar en Spence. Su madre es un tanto psicópata —agradable pero psicópata— e incluso desde ese entonces no dejaba que Katie se acercara a una molécula de gluten, mientras que *mi* madre me enviaba al colegio con un cupcake de Magnolia en un contenedor de plástico junto con uno de mantequilla de cacahuete y miel de Blue Ribbon Bakery, que en paz descanse. La pobre Katie parecía tan triste ante la vista de esas delicias que le dejaba la mitad de cada cosa de mi *tupper*... Y compartir no es algo fácil para mí, así que evidentemente fue el destino.

Hemos sido inseparables desde ese entonces. Excepto cuando mi familia organiza el cóctel anual del Cuatro de Julio en nuestro *penthouse* en el Dakota. Katie está enamorada del mejor amigo de Luke Chastain, quien sorprendentemente se llama Mac —un inmigrante australiano de abdominales mortales y un acento delicioso—, desde hace tres años. Y Luke y Mac celebran el Cuatro en los Hamptons, chicos tontos, o sea que Katie también.

Está bien. Eso solo significa más para *moi*. Y siempre están los mensajes y el FaceTime para mantenernos al día sobre cualquier cosa urgente. Así que, mientras la mayoría de la gente estaba apiñada en autobuses, trenes o el interminable aparcamiento que es la autopista de Long Island, el SS *Laguna legal* estaba alejándose a toda velocidad del puerto de Sag Harbor hacia la ciudad de Nueva York.

No culpaba a Katie por querer quedarse en el este —Mac *sí* tenía esos abdominales, después de todo—, pero no me hubiera quedado con ella ni aunque me hubieran pagado. Las Kardashian y los donuts son geniales, pero todos saben que nadie hace una fiesta como los Lodge. Nuestra celebración anual del Cuatro de Julio no era la excepción. La organizábamos desde que tenía memoria. Incluso cuando estaba en preescolar comprendía el nivel extra de prestigio que otorgaba el esfuerzo de regresar de tu alucinante casa de la playa solo durante una noche, habiendo logrado conseguir una invitación a uno de los eventos más exclusivos de la temporada. Alguna vez, estar en la lista de invitados de los Lodge había sido un símbolo de estatus comparable con las invitaciones a la Warhol's Factory. Mañana por la noche estaría entrechocando copas con la familia Du Pont, los Rockefeller y los Vanderbilt... y *nosotros* seríamos el nombre más importante del evento.

Sé lo que estás pensando: soy una consentida viviendo una vida de ensueño.

Estás en lo correcto al cien por cien. Y no tengo por qué disculparme.

Mi padre trabaja muy duro para ofrecernos este estilo de vida, y si él quiere emplear los frutos de su trabajo en su adorada hija y devota esposa, ¿por qué no debería hacerlo?

Y si mi vida es buena, entonces el verano en Nueva York es lo máximo. Es atrozmente caluroso, tan húmedo que prácticamente puedes ver las ondas de calor elevándose desde la acera. Ahí es donde aparecen las escapadas al East Hampton. Mi padre diseñó nuestra mansión de ocho habitaciones estilo *shingle* —«Lodgehampton», como la conocen los locales— desde los cimientos, sin olvidar ningún detalle. Yo tengo mi propia *suite* en el ala sur con vistas al parque trasero y a la piscina de agua salada climatizada. Un poco más allá, un camino corto de madera conduce a nuestro acceso privado a la playa. La casa tiene aire acondicionado central, pero en general duermo con las ventanas abiertas solo para escuchar cómo rompen las olas del océano. ¿Quién necesita una máquina de ruido blanco cuando tienes la real?

Casi todos los veranos, Katie y yo guardamos un par de vestidos en un bolso en cuanto termina el instituto y salimos con prisa hacia Lodgehampton hasta el Día del Trabajo. Era muy fácil regresar a la ciudad con el barco o, si mi padre lo estaba utilizando, en helicóptero. Pero este verano, yo había estado yendo y viniendo con más frecuencia, y estaba disfrutando de cada segundo de ello. Era lo mejor de ambos mundos.

Mi padre no trabaja tanto durante el verano, lo cual es genial. Logramos compartir comidas familiares tranquilas y asistir al Le Cirque los viernes. En casa, en nuestro apartamento clásico de seis habitaciones, Marta siempre tiene una mesa o un carrito de bebidas preparados para nosotros. Y este verano, finalmente me uniría a las masas de típicos adolescentes estadounidenses de una manera completamente inesperada:

Este verano, tenía un trabajo.

Que conste: estaba trabajando en *Vogue*. Así que tal vez no era algo tan típico para una adolescente. Técnicamente, era una becaria de moda, pero después de mi primera semana, me habían elegido para trabajar como la asistente personal de Grace Coddington.

(*¡Increíble, lo sé!*).

Supongo que esa mujer reconoce el estilo cuando lo ve.

El trabajo estaba hecho a mi medida; Grace y yo éramos muy parecidas, y podía anticipar sus deseos antes de que ella los expresara. (Comienza su día con un *latte* de té verde matcha, sin azúcar, a las nueve y media en punto, y siempre bebe un descafeinado de lo mismo a las tres, preferentemente con un milhojas de Sant Ambroeus. *Siempre* acepta llamadas de Anna, nunca de la prensa. Y pobre la asistente que le muestre la programación sin revisar la ortografía primero). Yo tenía acceso al alucinante armario de la revista —la Meca, prácticamente— y lograba hacer un poco de compras a recados (Nelle en Barneys tiene todas mis tallas y colores de cosméticos).

Además de eso, también son increíblemente flexibles en cuanto al horario. Es decir, tengo la libertad de pasar fines de semana extralargos en Lodgehampton y tomarme las tardes para ayudar a mi madre a preparar nuestra fiesta.

Supongo que ya puedes ver por qué mi trabajo es parecido a un juego.

—Cariño, estás sonriendo como el gato que se comió al canario.

—¿Mmm? —Estábamos recostadas en la cubierta trasera del barco, cubriendo nuestros capuchinos espumosos para protegerlos del viento mientras el barco se deslizaba con suavidad por el agua. Me senté y crucé las piernas para quedar sentada frente a mi madre.

—Creo que solo estaba pensando en lo afortunadas que somos. Estoy esperando con ansias el Cuatro. La fiesta. Sería difícil no sonreír rodeada por todo esto... —Hice un gesto hacia la extensión de cojines limpios, blancos y mullidos, el sol brillante, el agua verde azulada que nos rodeaba por todas partes—. Quizás sea un poco consentida. —Mi madre soltó un resoplido inusualmente poco delicado ante eso—. Pero no soy una sociópata.

—Me alegra escuchar eso —respondió con sinceridad—. *Tenemos* suerte de tener todo esto, por supuesto. Y deberíamos estar agradecidas. Pero no tenemos nada si no tenemos... —Me miró con atención y me incitó a terminar el pensamiento.

—Familia —completé.

—Familia —repitió. Terminó su café y se relamió un poco de espuma del labio—. Ahora, en cuanto a la decoración de la fiesta...

—Bueno, ya sé que no te impresionó el muro de donuts de Kelly Klein —dije, riendo—. Pero ¿qué te parecen los *macarons*?

—Bueno, si son de Ladurée, nunca podrían ser de mal gusto, pero siempre podemos hacerlo mejor. *La calidad siempre primero.*

—Nuestro lema, y yo articulé las palabras con ella—. De cualquier forma, como te he dicho, ya está todo prácticamente listo. Rafe envió la semana pasada la agenda con todos los detalles de la fiesta. Bengalas en lugar de palillos de colores para los cócteles. Coronas náuticas con entramado rojo, blanco y azul. Mini *rolls* de langosta y tacos de atún de aleta amarilla en papel encerado servidos en la terraza.

—Pícnic urbano, me encanta —exclamé con entusiasmo—. Traeré la agenda y repasaremos el plan para hoy. —Me fascinaba que nuestro diseñador no utilizara Pinterest o Instagram; lo analógico era lo que nos atraía de él. Hacía que sus creaciones fueran mucho más inesperadas… y exclusivas.

Me deslicé por los cojines y caminé lentamente por la cubierta, atravesé el salón y bajé las escaleras hacia el camarote de mis padres. Sin embargo, me detuve justo al lado de la puerta. Mi padre estaba hablando por teléfono, y no se lo escuchaba feliz.

—¿Y cuándo me ibas a contar esto? —Estaba diciendo, su voz baja pero temblando de furia. Hizo una pausa, escuchando la conversación—. Eso no es suficiente. Esos pagos…

El barco se balanceó de pronto mientras atravesábamos aguas agitadas. Perdí el equilibrio al mismo tiempo en que la puerta de mi padre se abrió de golpe. La expresión de sus ojos quedó en blanco cuando me miró.

—Te llamaré luego —soltó de manera brusca, y cortó la comunicación sin esperar una respuesta—. Cariño —dijo, y giró hacia mí mientras deslizaba el teléfono en su bolsillo—. ¿Puedo ayudarte en algo?

—Yo, eh, solo estaba buscando la agenda de Rafe para la fiesta. Mamá y yo estábamos a punto de revisar los detalles de último minuto y planeando el día. Lo siento, no he querido molestarte —tartamudeé. Las llamadas obligadas no eran nuevas para mi padre, pero había notado algo en su voz… un tono desesperado en su enfado que no era normal.

¿O solo estaba imaginando cosas?

—Búscala —contestó, y se apartó de mi camino para que yo pudiera dirigirme a la mesilla de noche de mi madre. Cuando pasé a su lado, me acarició la nuca, como si fuera una niñita a la que estuviera arropando para dormir.

Me paralicé.

—¿Ocurre… ocurre algo malo, papá?

—Por supuesto que no —respondió sin dudarlo—. No hay nada de qué preocuparse. Agarra la agenda y regresa con tu madre. Será el Cuatro de Julio más mágico de todos.

—Está bien —repliqué. Intenté sonar como si lo creyera.

Solo estás imaginando cosas, insistí para mis adentros.

Pero de alguna manera, eso no parecía ser verdad.

4

ARCHIE

Nunca me consideré un chico complicado. Lo que ves es lo que soy: un chico de instituto de una ciudad pequeña. Fútbol, cenas familiares, batidos con mis amigos en Pop's después del instituto. Te lo puedes imaginar.

Los veranos siempre fueron iguales: días largos nadando en el río Sweetwater con Betty, películas en el Twilight con Jughead por las noches. Larguísimos juegos de Frisbee con Vegas. Mi padre asando hamburguesas al atardecer, casi siempre dejando caer una, algo estupendo para Vegas, pero una desgracia para mi madre y para mí, quienes en general estábamos muriéndonos de hambre para ese entonces.

Pero las cosas cambian, supongo, aun en una ciudad pequeña como Riverdale, donde piensas que nada lo hace. Y yo debería saberlo. Porque mi madre nos dejó hace dos años y no ha regresado.

Eso ya fue bastante duro. Y este verano, las cosas se han vuelto extrañas. Betty está en L. A., lo que es increíble para ella. Pero tengo que admitirlo, la echo de menos con locura. Y Jug y yo... bueno, no estamos pasando mucho tiempo juntos. Mayormente es mi culpa, supongo. Porque... bueno, *porque* hay otras cosas que nunca esperé que sucedieran. La clase de cosas que cambian todo.

Cuando era pequeño, me gustaba jugar al «¿qué pasaría si…?», «¿qué pasaría si todavía estoy despierto cuando mi madre sube las escaleras?». (Me leerá otro cuento antes de dormir). «¿Qué pasaría si inscribo a Vegas en ese espectáculo de perros?», (esa fue sugerencia de Betty. Pero Vegas vomitó sobre los jueces, así que no conseguimos ningún premio). «¿Qué pasaría si hago la prueba para entrar en la liga juvenil aun si estoy nervioso?», (¡el pequeño Archie consiguió ser campocorto!).

Pero a medida que creces, la vara del juego «¿qué pasaría si…?» se eleva cada vez más. ¿Qué hubiera pasado si me hubiera ido con mi madre, en lugar de quedarme con mi padre? Por una vez, sabría lo que es estar en una gran ciudad, lo que la vida fuera de Riverdale tiene para ofrecer.

Pero, por otro lado, ¿qué hubiera pasado si mi padre no me hubiera tenido a su lado para ayudarlo con el negocio? Él fingía que solo me estaba dando un trabajo, que me estaba haciendo un favor al dejarme verter cemento y cosas por el estilo. Pero yo sé la verdad. Lo he visto por las noches, inclinado sobre la mesa del comedor con una calculadora y una pila de cuentas en las manos. Lo escucho en el teléfono, intentando negociar con los proveedores y reclamando pagos a los clientes. Es una época difícil para la construcción. Tenerme a su lado significa contar con un par de manos extra y ahorrar un salario.

Después están las cosas más pequeñas, aquellas que tienen efectos encadenados que son imposibles de predecir. ¿Qué hubiera pasado si mi padre no hubiera decidido limpiar el garaje la primera semana del verano? ¿Dónde estaría yo entonces?

Pensé que estaba loco. Era un día increíblemente caluroso, la clase de clima que bate récords y se vuelve el único tema de conversación. Pero a mi padre no le importó; cuando fijaba su mente en algo, eso era todo. Así que allí estábamos, apiñados en el sofocante garaje, en una tarde brumosa de junio, mis brazos, cuello y espalda ardiendo después de una jornada de diez horas. La temperatura era la de un horno y olía a polvo y gasolina.

—¿Tenemos que hacer esto ahora? —protesté. Estaba desplomado en un camastro viejo. Apenas podía mantener los ojos abiertos—. Estoy muerto. ¿Tú no? ¿Cómo puede ser que no estés muerto? —Esto fue a principios del verano, antes de que hubiera ganado músculo, así que no podía seguir el ritmo del trabajo sin regresar a casa destrozado.

Mi padre se rio de mí.

—Hijo, cuando tengas mi edad, sentirse *muerto* es normal. Aprendes a aceptarlo. Inténtalo.

—Muy bien, muy bien. —Me levanté del camastro a regañadientes—. Nunca digas que no hice nada por ti.

—Ya sabes lo que dicen, Arch —dijo, y agarró una caja de cartón desvencijada de un rincón—. La basura de un hombre es el tesoro de otro...

—¿Una cuchara para melón de la era soviética? —Sacudí la cabeza ante lo que estaba sosteniendo. Solo las había visto en programas televisivos de la década de los sesenta—. Vamos, papá, ¿en serio?

Mi padre frunció el ceño.

—Mmm... mejor déjala en la pila de «guardar».

—¿Qué? —Él no tenía remedio, así que intervine—. No digas tonterías. Comenzaré una pila para el Ejército de Salvación. —Le arrebaté la cuchara de las manos antes de que pudiera discutir, a pesar de que mis hombros me hacían gemir de dolor con cada movimiento.

Después de encontrar un monopatín con una rueda rota, un aterrador payaso de felpa que definitivamente estaba embrujado y tres pilas de cómics mohosos (que luego guardé), allí estaba, observándome desde el fondo de la caja: una fotografía de toda la familia. Mi madre, mi padre y yo. Incluso Vegas estaba allí, la lengua colgando como cada vez que está entusiasmado. En la foto estábamos todos sonriendo. Mi padre tenía un brazo alrededor de mi madre y ella me estaba abrazando.

¿Fue en ese momento cuando comenzó? ¿Aquello que le aseguró que estaría mejor sin nosotros? ¿Era la fotografía una pista? ¿Mi padre observándola, pero ella mirando hacia adelante? ¿Deberíamos haberlo sabido? ¿Haberlo visto venir?

—Eh, ey, papá —comencé a decir, nervioso—. Quería preguntarte… ¿Has hablado con mamá últimamente? —Quizás habían estado hablando en secreto durante todo este tiempo. Tal vez ella sabía que él estaba luchando con el negocio. Quizás había estado planeando volver, y estaba haciendo las maletas en ese mismo momento.

Una vez más el juego de «¿qué pasaría si…?».

Mi padre se puso tenso.

—Ha estado muy ocupada. Ya sabes, acaba de comenzar a trabajar en ese bufete nuevo.

—Es verdad. —Había estado intentando no pensarlo. Un trabajo nuevo significaba que estaba planeando quedarse lejos durante un tiempo. No podía fingir lo contrario—. Tomo eso como un no.

—¡Ey! —Durante un segundo, pensé que mi padre estaba respondiendo a lo que yo había dicho, como si estuviera molesto porque le hubiera mencionado el tema o algo así. Pero cuando lo miré, sus ojos estaban iluminados y estaba sacando algo grande y voluminoso de una caja—. Bueno, *aquí* hay algo que vale la pena conservar. Mi antigua Stratocaster.

—Guau. —Incluso yo sabía apreciar una pieza clásica cuando la veía. Era verde, brillante, aun estando cubierta con la suciedad del garaje, y su diapasón blanco estaba rayado y desgastado en la cobertura de nácar. Tenía algunas de las cuerdas sueltas y faltaban otras. Pero incluso con todo eso… era una pieza muy bonita.

—Papá, ¿solías tocar?

¿Había sido mi padre un músico hacía mucho tiempo? *¿Por qué* no lo había mencionado nunca? Fue como si tuviera que repensar todo lo que sabía sobre él.

¿Y si mi padre hubiera sido alguien *muy interesante* alguna vez?

—Ah, de vez en cuando —respondió, y rasgueó las cuerdas flojas. Hicieron un suave sonido bajo que me provocó un deseo desesperado por enchufarlo y comenzar a tocar.

—Eso es *mortal*, papá. En el buen sentido, quiero decir. ¿Puedo probarla? —De pronto, no había nada que quisiera más.

Mi padre me lanzó una mirada.

—¡Deberías saber que nunca debes tocar la guitarra de otro hombre, Arch! Además, te compré una a ti. ¿Recuerdas?

Lo recordaba. Me la regaló por mi cumpleaños número dieciséis. Una Gibson acústica de madera oscura que era sólida y pesada cuando la sostenías. Yo tocaba bastante bien… pero nunca fuera de mi propia habitación. La idea de tocar para otros me provocaba un sudor frío.

Podía decirse que tenía pánico escénico, pero una parte de mí se preguntaba… ¿estaba esperando mi inspiración? Y *¿qué pasaría si…* nunca llegaba?

Pero a fin de cuentas nunca tuve que preocuparme por eso.

∿∿∿

—¿Tierra a Archie? ¿Qué está pasado por ahí?

—¿Eh? —Parpadeé. El sol se estaba elevando y comenzaba a iluminar el ventanal de la señorita Grundy, de Geraldine. Se encontraba de pie delante de él como una sombra, una mirada confusa en los ojos. El sol hacía que su pelo brillara. *Tu pelo brillando a la luz del sol.* Mmm. ¿Era esa la letra de una canción quizás? No podía dejar de pensar en letras de canciones cuando estaba con ella. Tenía ese efecto en mí. Dios, me había convertido en un personaje de una canción de amor cursi—. Ah, lo siento, supongo que solo estaba pensando.

—Deben haber sido pensamientos muy profundos —sonrió—. Estabas en una especie de trance.

Lo estaba. Jugando al «¿qué pasaría si...?» otra vez. ¿Qué hubiera pasado si Betty no se hubiera marchado a L. A., y si mi padre no me hubiera pedido que trabajase para él? ¿Qué hubiera pasado si nunca hubiéramos desenterrado esa guitarra vieja que me hizo volver a tocar, aun si solo tocaba para mí mismo? ¿Qué hubiera pasado si no hubiera caminado a casa solo desde el trabajo aquel día caluroso y húmedo de finales de junio, cuando un escarabajo VW azul claro que no reconocí se detuvo...?

∿∿∿

—*¿Archie Andrews? ¿Qué estás haciendo caminando con este calor?*

Entrecerré los ojos. La mujer detrás del volante tenía el pelo rubio oscuro ondeado y una mirada de preocupación detrás de sus gafas de sol. ¡La señorita Grundy! La profesora de música del instituto Riverdale. Casi no la reconocí fuera del instituto sin tener la ropa abotonada hasta el cuello como cuando trabajaba.

—*¿Ehh, formando mi carácter? —Sonó como una tontería cuando lo dije, y los dos nos reímos.*

—*Bueno, sube antes de que mueras de un infarto —propuso, y se inclinó sobre el asiento del pasajero para abrirme la puerta.*

Ese día me dejó directamente en casa. No pensé mucho en ello, excepto en lo extraño que resultaba ver a los profesores en la vida real.

Pero al día siguiente, me estaba esperando de nuevo más allá de la construcción, como si realmente hubiera planeado llevarme a casa. Y luego al día siguiente, estaba allí otra vez, y después de eso, fue como si hubiéramos llegado a un acuerdo tácito.

Hay una parte de mí que piensa que fue el destino, encontrarme con ella aquel día. Porque de pronto tenía a alguien con quien hablar sobre la guitarra… y las canciones que había comenzado a escribir, mayormente borradores al principio. Vio la guitarra en mi porche una tarde y me preguntó si tocaba.

Me preocupaba no ser lo suficientemente bueno para ella. Intenté protestar, pero insistió. Me atemorizaba que saliera corriendo y que yo regresara a donde había comenzado, en soledad.

Pero me escuchó y me tomó en serio. Vio algo en mí que nadie más había visto, ni siquiera Betty. Cuando toqué, me sonrió y… todo cobró sentido.

«Tienes potencial, Archie», me dijo. «¿Has considerado recibir clases privadas?».

Ambos sabíamos lo que realmente me estaba preguntando. Y ambos sabíamos la respuesta: sí.

Con el tiempo comenzamos a compartir… otras cosas. Una tarde, sin decir una palabra, Geraldine tomó un desvío inesperado en nuestro camino de regreso a casa. Antes de que me diera cuenta, había aparcado el automóvil en un escondite a la orilla del río Sweetwater. Muy pronto se convertiría en nuestro lugar.

Quizás —probablemente— una parte de mí sabía que lo que estábamos haciendo estaba mal (ella era mi profesora, después de todo, incluso tal vez fuera ilegal, a pesar de que ambos lo queríamos), pero no importó. Con el paso del tiempo, mis sentimientos por ella se volvieron más fuertes que por cualquiera que hubiera conocido antes. Pronto se convirtió en la persona más importante de mi vida.

Por esa razón había salido corriendo esta mañana (literalmente, todavía tenía puestos mis sudorosos pantalones cortos de gimnasia de Riverdale, lo cual quizás no fuera tan romántico, pero era la forma más fácil de llegar a primera hora de la mañana sin levantar ninguna sospecha). Era tres de julio, la fiesta nacional estaba muy cerca, y quería hacer algo especial con ella. Quería estar con ella, siempre.

Me volví hacia Geraldine.

—Estaba pensando en el Cuatro —comencé, sintiéndome un tanto nervioso, sin saber por qué—. Eh... ¿harás algo para esa fecha?

Geraldine me dedicó una sonrisita mientras se servía una taza de café.

—En realidad, tenía pensado ir a acampar junto al río... —Bebió un sorbo—. ¿Quieres acompañarme?

Ambos también sabíamos la respuesta a esa pregunta.

Archie:

> He encontrado una tienda de campaña, estaba enterrada en el garaje. ¡Todo listo!

Geraldine:

> No puedo esperar.
> ¿Nos encontramos aquí después de la cena para ir al bosque?

Archie:

Sí

Geraldine:

[¿Borrar chat?] [Sí]

51

5

BETTY

Querido diario:

No vas a creer nunca lo que acaba de suceder. No puedo creerlo. No estoy exagerando; estoy escondida en el clóset del vestuario
de *Hello Giggles* escribiendo todo esto porque ni siquiera al pelliz-
carme lo he sentido más real.

Por fin, por fin estoy dando mi primer gran paso aquí.

Cuando desperté esta mañana, en lo único en lo que podía
pensar era en lo extraño que era estar pasando el Cuatro de Julio
lejos de mis amigos, lejos de mi familia… lejos de Riverdale. Lo
echaba de menos en el buen sentido, pero aun así seguía siendo
raro. Tengo planes para salir con Brad esta noche, pero dejando
eso aparte, aquí siempre tengo el tiempo libre. Solo una gran
aventura, como había esperado.

Dar un paseo por la mañana; darme una ducha en el baño de
huéspedes de la tía Gertrude, en el que hay una caja de pañuelitos
cubierta con una extraña tela de encaje; ponerme unos vaqueros
ajustados y una camiseta sin mangas, que es lo más L. A. que tengo en mi armario… pasar treinta minutos atascada en el tráfico
solo para viajar cuatro kilómetros en la 405… todas cosas bastante comunes.

Pero cuando llegué a la oficina, había un ambiente totalmente diferente del usual. Para empezar, todo estaba tranquilo. El color blanco, limpio y brillante del escritorio de la recepción estaba en calma, y ningún teléfono sonaba.

—¿Hola? —pregunté, y entré de puntillas con cautela como si temiera asustar a alguien.

El área de espera, que usualmente es el lugar principal de descanso, se encontraba vacía. En general, uno encontraría al menos dos escritores sentados en los modernos sillones azulados o revisando los brillantes estantes amarillos de la biblioteca. En cambio, vi un iPad solitario descansando sobre una mesa sin su dueño a la vista.

Con pasos vacilantes, me abrí camino hacia la estación de trabajo.

—Ah, hola. —Era Cleo, encorvada sobre su escritorio y mordiendo un lápiz de purpurina rosa—. Eh… ¿dónde están todos?

Cleo dio unos golpecitos con el lápiz sobre el escritorio y me miró. Sus ojos parecían gigantes detrás del gran marco rojo de sus gafas.

—Día de fiesta. —Se encogió de hombros—. La gente viaja. En realidad, yo me iré a Palm Springs en... —Miró el reloj Apple de su muñeca—... una hora.

—Ah. —Observé el resto de la oficina. No había signos de vida—. ¿Hay alguien más aquí? —Me gustó la idea de estar sola, para ser sincera. Siempre había bastantes cosas para archivar o e-mails que organizar, y la idea de hacerlo sin tener a Rebecca merodeando a mis espaldas sonaba bastante... pacífica.

Cleo hizo una mueca de «obviamente».

—Rebecca se encuentra en la sala de conferencias evaluando papeles de pared y muestras de tela para el desafío de renovación de la sala de estar.

—Claro, por supuesto. —El pequeño capullo de esperanza se desinfló. Por supuesto que Rebecca no era la clase de jefa que faltaría al trabajo por un día de fiesta.

Me dirigí a la sala de conferencias para entregarle su almuerzo. La puerta estaba entreabierta, y golpeé con suavidad para que no pareciera que estaba irrumpiendo.

—Entra.

Lo hice, caminando con cautela. Por alguna razón, estar en presencia de Rebecca me hacía caminar de puntillas.

—Tengo el pedido del almuerzo. —La bolsa de papel hizo un ruido ensordecedor cuando la apoyé.

Rebecca estaba observando la estancia, pasando su mirada de un lado a otro entre diferentes muestras de papeles de pared: flores azules, violetas, verdes y metálicas. Flores de todos los tamaños y formas, desde estilos como el Pop Art hasta el encaje Reina Anna de Laura Ashley. Obviamente, tenía un tema en mente.

Suspiró.

—No lo sé. ¿No piensas que es… demasiado?

Nunca antes me había pedido mi opinión para nada, no de manera tan llana, de cualquier forma.

—¿Qué? ¿Yo? —Tosí—. Quiero decir, ¿el papel pintado?

Se giró y puso los ojos en blanco, pero con suficiente amabilidad.

—Sí. Es decir, la temática floral… ¿no es demasiado?

—Nunca es demasiado —respondí honestamente.

Echó un vistazo rápido a mi vestimenta.

—Bueno, por supuesto. Pero… ufff, el papel metálico. Por un lado, es el más interesante, pero por el otro…

Pareció estar esperando a que yo dijera algo.

—¿No es un poco… chillón? —En *Hello Giggles* intentamos no demostrar ninguna clase de energía negativa, así que la crítica constructiva siempre tiene que ser expresada con mucha cautela.

—¡Sí! ¡Chillón! —Pareció genuinamente aliviada de que hubiera encontrado la palabra correcta—. Además, acabo de leer en *Design Sponge* que la madera es la última moda en cuanto al papel pintado y —otro suspiro profundo— no lo sé, no estoy para nada convencida de esto. Parece muy poco *inspirador*.

La verdad es que parecía completamente aburrida y desanimada. Es probable que nunca hubiera sido tan abierta conmigo en primer lugar si no fuera por el día de fiesta y por el hecho de que básicamente era la única empleada que estaba por allí. Pero ¿a quién le importaba? ¡Rebecca por fin me estaba hablando! ¡Preguntándome *mi* opinión!

Se dejó caer en la mesa de conferencias y revolvió dentro de la bolsa de comida para empezar su pedido. Me quedé allí parada durante un segundo de forma incómoda, sin saber qué hacer a continuación.

—¿Qué te has pedido? —preguntó Rebecca—. Te has pedido algo, ¿verdad? Tienes que comer. O, no lo sé, quizás eres aspirante a actriz y no comes. Suceden cosas extrañas en esta ciudad.

—No, definitivamente como —le aseguré. Con vacilación, alcé mi propia comida. No hay muchos (léase: ningún) restaurantes de sushi en Riverdale, y muy pronto descubrí que el *roll* de atún picante acompañado por vainas de soja son dos de mis cosas preferidas de L. A.

Rebecca no me había pedido que me sentara con ella, por supuesto, pero estuvo cerca. Y quizás nunca lograra tener otra oportunidad como esta. Decidí arriesgarme y elegí una silla para mí. La Betty de L. A. —más decidida a seducir y más osada que mi identidad usual de chica de la casa de al lado— estaba almorzando con su jefa.

Rebecca mantuvo entre bocados un ritmo constante de suspiros y de golpeteos con los dedos sobre la mesa de conferencias.

El espacio entre nosotras comenzó a parecer blando y denso, como una nube de tormenta. No era un silencio cómodo. La arriesgada Betty de L. A. —¿por qué no animarse, dado el día que estaba teniendo?— decidió intervenir.

—Así que, la madera es lo último en papel pintado, ¿verdad?

—Un comentario brillante y astuto, Cooper. Hice una mueca, queriendo esconderme debajo de la mesa hasta que fuera hora de regresar a casa. Pero esta era la Betty de L. A., que no se escondía. Insistí—. ¿Como si fueran… paneles? ¿Y… madera en traslapo?

—Me devané los sesos recordando esos programas de mejoras para el hogar que a Polly le encanta ver los domingos de descanso—. Pero he oído que el traslapo ya se ha utilizado demasiado.

—Al menos, eso era lo que el pelirrojo de rizos perfectos de *Home Helpers* había dicho una vez. Creo. Sinceramente, no estaba segura de qué fuera el traslapo.

Rebecca enderezó la espalda de pronto.

—¡Es así! Querida, pensamos lo mismo.

Gracias, Home Helpers. Y a Polly y sus desmesurados hábitos de maratón de televisión.

—Pero los estudios demuestran que a nuestros lectores les encantan las cosas como papeles de pared temporales porque permiten transformar de forma fácil los espacios sin enfadar a padres, asistentes de residencias o propietarios. ASÍ QUE —dijo y extendió un brazo— AQUÍ ESTÁN TODOS los florales.

—Es verdad, pero… —Más conceptos del canal para el hogar HGTV se filtraron desde algún lugar remoto de mi cerebro—. Existe el papel autoadhesivo que parece madera. Y ladrillos expuestos. Incluso cemento, si prefieren un aire industrial. —Sonreí—. Seguramente exista un papel de madera con motivo de maderas en traslapo en este mundo.

Rebecca soltó un gritito.

—Espectacular. Me encanta. Genial, esta historia es tuya.

Casi me atraganté con una vaina de soja.

—¿Qué? Quiero decir, ¡genial! ¡Gracias! ¡Eso es genial! No la decepcionaré. —Me mostré demasiado efusiva, esto era tan vergonzoso como ser demasiado tímida, demasiado vacilante. ¿Dónde estaba mi botón de «término medio»?

Pero Rebecca simplemente se rio.

—Son doscientas palabras sobre papel pintado. No me preocupa.

—Genial. —Respiré hondo. Cálmate, Betty de L. A. Estás dentro.

—Ya que estás aquí, hay algo más con lo que me podrías ayudar. Estoy en apuros. Como ves, hoy todo está muerto. Y no puedo conseguir que los «trabajadores remotos» aparezcan en línea. Obviamente todos están demasiado ocupados intentando «trabajar remotamente» en sus bronceados cuanto antes.

Nunca había estado tan agradecida de mis hábitos patológicos de protección solar.

—Por supuesto, lo que sea.

—Es para nuestra sección de estilo de vida. El equipo de moda acaba de darme el dato. Al parecer, a la editora de moda le llegó el rumor de que Grace Coddington tiene una joven protegida sexy trabajando como becaria en *Vogue* durante el verano. En general, hubiera dicho, ¿a quién le importa? Los famosos están por todos lados. Pero esta chica es algo genuino, la próxima Olivia Palermo en términos de influencia. Nadie en Nueva York que tenga menos de veintiún años estornuda o compra un nuevo protector labial sin su aprobación.

Oh, aterrador.

—Entonces, ¿un perfil?

—Una entrevista, sí. Pero tiene que ser inmediata, en serio, la quiero lista para esta noche, a más tardar a medianoche. Su familia organiza un evento para el Cuatro de Julio que es lo último. Es decir, la gente viene desde Montauk para asistir. ¡Un viaje desde Nueva York a L. A. es más corto! —Prácticamente me estaba hablando en otro idioma, pero asentí con decisión—. Así que quiero centrarme en eso. El año pasado, Buzzfeed nos derrotó con esas fotos del muro de donuts que formaban la bandera estadounidense de Kelly Klein. Esto será más importante. —Entrecerró los ojos—. *Tiene* que serlo.

No tenía idea de que el nicho del estilo de vida de los *socialites* fuera tan despiadado. (Me alegraba no haber estado presente durante el desastre del muro de donuts, lo que fuera que *eso* significara). Pero estaba decidida a conseguir algo. Este no era el gran salto al periodismo que había estado esperando, pero una puerta abierta era una puerta abierta. Y al parecer a la Betty de L. A. le encanta dar saltos al vacío.

(Y mezclar metáforas. Tendría que mejorar eso antes de ¡PUBLICAR MI PRIMER ARTÍCULO EN *HELLO GIGGLES!*).

—Esto será más importante. Por supuesto. Y lo entregaré a medianoche, no hay problema. —Un destello del Gran Brad cruzó por mi mente, pero encontraría la manera de encajar ambas cosas, como fuese. No quería renunciar a ninguna de las dos—. Así que, ¿quién es esta *influencer* que tengo que rastrear?

—Toma. —Rebecca garabateó algo en un papelito Post-it y me lo entregó—. Ese es su teléfono. Si alguien pregunta, lo conseguimos de… Bueno, si alguien pregunta cómo conseguimos el número, solo hazte la tonta.

—Por supuesto. —Miré el Post-it. Las letras grandes me gritaban: «Esta es tu gran oportunidad, Betty de L. A. Aprovéchala».

Incluso el nombre sonaba arrogante, oficial. Nadie en Nueva York estornuda sin su aprobación. Y yo tenía que lograr que hablara: VERONICA LODGE.

Kevin:

¿Irás al Twilight esta noche?

Moose:

Sí, Midge nunca se pierde el Día de la Independencia

Kevin:

...

Moose:

Pero...

Moose:

...

Kevin:

?

Moose:

¿Quizás nos podamos encontrar después?

Kevin:

Tal vez.

6

JUGHEAD

Si Riverdale nunca cambia, entonces Pop's Chock' Lit Shoppe es su icono más inmutable. Ese cartel brillante de neón es prácticamente un punto de referencia. Deberían incluirlo en el registro histórico. Ni siquiera quiero calcular cuántas horas he pasado con mi trasero pegado a un reservado de vinilo. O cuántas hamburguesas Pop's he puesto a mi «cuenta».

La pagaré, claro. Tan pronto como pueda. Solo necesito descubrir cómo. Más fácil decirlo que hacerlo. Archie trabaja para su padre. Mi padre… bueno, en teoría, mi padre también trabaja para el padre de Archie. Esa es la cuestión, de cualquier forma. Tenemos horarios tan distintos últimamente que nunca lo veo. Mi sentido arácnido me indica que eso no es algo bueno.

Archie, mi padre… ¿todos están alejándose de mí este verano?

Quizás me equivoque cuando digo que las cosas nunca cambian en Riverdale. Es como ese poema, «Nada dorado permanece».

¿No es sorprendente que Pop's se haya convertido en mi hogar fuera de mi hogar? El lugar siempre está abierto, y Pop siempre se encuentra detrás del mostrador. Algo constante al menos.

Como dije, el aparcamiento estaba casi vacío, pero no abandonado esta mañana; y cuando me acerqué vi a Jason Blossom apoyado contra un costado de la cafetería, encorvado sobre el teléfono, enviando mensajes frenéticamente. Su piel estaba muy pálida, traslúcida incluso, a la luz del amanecer. Tenía el ceño fruncido.

—Hola —saludé cuando me acerqué. Levantó la mirada y me echó un vistazo. Su expresión era totalmente inescrutable.

Jason y yo pertenecíamos a mundos muy diferentes. Él es la clase de chico que… nunca se ha mostrado particularmente feliz de verme, y esta mañana no fue la excepción. No me lo tomé de forma personal. Sinceramente, parado allí a la luz cegadora del sol, me recordó a un fantasma.

—¿Hablando con tus adorables fans? —Fue una frase extraña, pero, por otro lado, Jason era parte del equipo de polo acuático, y al menos dos tercios de las estudiantes se enamoraban de él en algún momento de su paso por el instituto Riverdale.

—Eh, claro. —Volvió a concentrarse en su teléfono, escribiendo. No pude descifrar su energía: hiperactivo, alerta, anhelante, pero también distraído, preocupado y nervioso. Eran demasiados sentimientos para un solo cuerpo, si te interesa mi opinión. Ni siquiera estoy seguro de que se diera cuenta de que aún estaba allí parado. Comprendí la indirecta.

Cuando entré a la cafetería, la campanilla de la puerta principal tintineó. Pop estaba limpiando el mostrador, pero levantó la mirada y me dedicó una gran sonrisa que compensó la total falta de interés de Jason.

—¡Jughead Jones! Tenía el presentimiento de que pasarías por aquí.

—¿Soy tan predecible, Pop?

—Lo predecible es bueno para los negocios.

—Creo que eso es cierto solo para los clientes que pagan sus cuentas —respondí, avergonzado.

Desestimó mi comentario.

—Nada de qué preocuparse. Arreglaremos las cuentas pronto. —Llenó una taza con café negro y lo deslizó hacia mí—. Ahora, ¿no es demasiado temprano para una hamburguesa?

Puse los ojos en blanco.

—Nunca.

Hamburguesa doble con queso, cocida a punto medio, rosada en el interior y pegajoso queso cheddar derramándose sobre el pan (sin tostar, *nunca* tostado). Pepinillos, tomates, quizás cebolla, pero sin lechuga (es solo agua en forma crujiente). Ese fue mi pedido y, por supuesto, Pop se lo sabía de memoria. No me importaba que el sol apenas se hubiera levantado, comí como si no supiera de dónde provendría mi próxima fuente de alimento (aunque todos sabíamos que probablemente fuera este mismo pedido, en este mismo lugar). Mi viejo, desvencijado y confiable portátil descansaba a mi lado, pero todavía no lo había abierto. Me estaba concentrando mayormente en la comida.

—¿Esas patatas fritas están lo suficientemente crujientes para ti? —preguntó Pop, volviendo a llenar mi vaso de agua. Me gustaban tan crujientes que básicamente estaban quemadas. Sostuve en alto una muestra perfecta en un gesto de «brindis» y la devoré.

—Un diez más, como siempre. —Devoré otro puñado.

—Ten cuidado. Si no te detienes un poco y masticas de verdad, te atragantarás. Y no quiero ser el responsable de algo así.

—No te preocupes, Pop. No soy un aficionado. Eso no sucederá.

Bebí un gran trago de agua y miré mi teléfono. Todavía tenía mucho tiempo antes de tener que llegar al Twilight y comenzar a preparar la película. Una mañana de descanso con mi ordenador sería agradable, quizás... si no fuera un recordatorio de lo poco que tenía para hacer. De lo poco que realmente tenía en el mundo.

Aun así, sin embargo... estaba deseando hacer algo con Archie. Casi no quería admitir cuánto lo anhelaba. En especial dado que mi teléfono mostraba exactamente cero llamadas perdidas y ningún mensaje.

—¿Has visto a...? —Intenté sonar indiferente, pero quizás Pop tenía razón, y realmente estaba mordiendo más de lo que podía masticar, porque mi garganta se cerró durante un segundo. Me recompuse—. ¿Has visto a Archie por aquí últimamente, Pop?

¿Es verdad que ha pasado una semana desde que hablamos como si nada hubiera cambiado?

Sí. Por supuesto que sí. Y lo sabía.

Se quedó con la mirada perdida durante un instante, pensando.

—¿Últimamente? No lo sé. Algunas veces viene a buscar el almuerzo para su padre, es un buen chico.

Un buen chico, ese era Archie Andrews. Un buen amigo también, o por lo menos solía serlo.

—Pero no —respondió Pop, y rompió mi ensoñación momentánea—. Hace algunos días que no lo veo. No sé en qué está metido. La última vez que se sentó aquí estaba contigo, la noche de la tormenta. ¿Hace una semana?

—Cierto. —La noche en la que me habló sobre su música, cuando planeamos el viaje a Centerville.

—¿No debería ser *yo* quien te pregunte a ti en qué está metido Archie? —continuó Pop—. ¿Siendo vosotros dos tan inseparables?

—Fingió indiferencia, pero sabía que estaba evaluando cada palabra, cada microexpresión. Pop no se pierde ningún detalle.

—Las cosas cambian, supongo —respondí, admitiendo por fin lo evidente—. Incluso en el viejo y somnoliento Riverdale.

La puerta repicó en el momento justo, con una coordinación tan perfecta que durante un segundo pensé que de alguna forma habíamos conjurado a Archie con el poder absoluto de la sugestión. Pero era Dilton Doiley, salido directamente de algún escenario de supervivencia psicópata que hubiera estado ensayando antes del amanecer con sus Scouts Aventureros.

—*Allí* tienes lo «predecible». —Enarqué una ceja. Dilton se tomaba todo eso de «estar preparado» demasiado en serio.

Dilton me miró con el ceño fruncido y se recolocó su pañuelo rojo (aunque para ser justos, su expresión por defecto es bastante intensa y seria).

Se apartó un mechón grueso de pelo de sus ojos enmarcados en gafas.

—Es crucial estar listo para cualquier contingencia posible dada la peligrosa situación en la que vivimos, Jughead. No todos podemos darnos el lujo de refugiarnos en… —Hizo un gesto con la mano hacia mi portátil—… *historias* de fantasía.

—Sí, está bien —respondí, sin querer irritarlo más—. Peligrosa situación, da igual. Qué tontería por mi parte, aquí estaba yo llamando a Riverdale «somnoliento». —Me encogí de hombros—. No hay ningún problema. —*A menos que mencionemos lo que sea que esté sucediendo con Archie*—. Quiero decir, excepto por aquella vez cuando Weatherbee te citó por tener un… ¿era un cuchillo lo que habías llevado al instituto? —Eso fue en mayo, justo antes de los finales.

Más ceño fruncido.

—Una navaja de bolsillo, sí. Un modelo estándar de scout. Toda esa situación fue ridícula. Pero es la carga que me toca llevar. —Asintió, como si estuviera reafirmando para sí esas palabras—.

No tienes ni idea de cómo se siente, Jughead. Saber que algo horrible está por suceder. Estar *seguro* de eso. Pero no saber qué o cuándo.

—Dilton, ¿te han dicho alguna vez que puedes ser un tanto deprimente? —Sonreí para mostrarle que estaba bromeando. (Es decir, la gente me dice eso a *mí* todo el tiempo. Nos reconocemos entre nosotros, y todo eso).

—Mi padre siempre decía: «El mundo es duro y despiadado. El universo nos apresará. *No* todo siempre funciona para mejor».

Pensé en mi madre, en la cara de Jellybean mirando por encima de su hombro, por la ventanilla trasera del automóvil cuando se alejaban.

—Has dado en el clavo.

—Solo mira a tu alrededor —continuó, como si hubiera alguna pista sobre los misterios de lo desconocido grabada en la superficie de linóleo del mostrador de Pop—. ¿No crees que sea… *significativo* que el Cuatro se superponga con una *luna sangrienta*?

—Eh… la verdad es que no me había dado cuenta de eso. —Y no me molesté en agregar que no tengo ni idea de qué es una «luna sangrienta»—. Dilt… ¿no te dijo Weatherbee que quizás deberías, eh, relajarte un poco? —Entre los rayos láser que arrojaban sus ojos y el aire extraño que Jason Blossom emanaba en el aparcamiento, la atmósfera en Pop's era muy poco característica hoy.

Soltó un resoplido.

—¿Y él qué sabe? Un avestruz, como el resto de ellos… mantiene la cabeza escondida en la arena. El apocalipsis está cerca. Y mis scouts y yo estaremos preparados.

—Si el apocalipsis se encuentra tan *cerca*, ¿por qué estás arrastrando a un grupo de Scouts Aventureros a los bosques para recibirlo con los brazos abiertos?

—No me estás entendiendo, Jones. *Yo* soy el único que está preparado. Mi padre me entrenó. Y los chicos me necesitan.

—Muy bien, muy bien. —Debí haber sabido que no era posible razonar con Dilton—. Estaré a la espera de esta luna sangrienta de la que hablas. Probablemente sea lo más emocionante que suceda en Riverdale durante mucho tiempo.

—Ten cuidado con lo que deseas, hijo —intervino Pop—. Quizás pienses que este pueblo es somnoliento, pero aún eres joven. Quizás Dilton esté un poco alterado, pero no lo desestimaría tanto.

—Gracias —resopló Dilton.

—¿De qué estás hablando, Pop? —Hablando de sentido arácnido, mi piel cosquilleaba como cuando estoy escribiendo una buena historia, cuando las palabras se derraman de mis dedos sin que pueda controlarlas.

—Tenemos algo de historia. Riverdale y también Chock' Lit Shoppe. Ten en cuenta que Pop's ha estado aquí incluso antes que la misma Riverdale. Por supuesto, era diferente en aquellos días.

Mis oídos se aguzaron y mis dedos viajaron hacia el portátil. Algo me decía que esto sería digno de registrar. Miré a Pop, expectante. Dilton se sentó en una banqueta a mi lado, tan curioso como yo.

—Mi padre, el viejo Pop, abrió este lugar como una farmacia y fuente de soda. Nada de comida, solo helado y bebidas.

—¿Nada de hamburguesas? —Mi estómago rugió de solo pensarlo—. Eso es descabellado.

—No parecía afectar a nadie —aseguró Pop—. He servido a toda clase de gente. Incluso a algunas celebridades.

—Celebridades. ¿En *Riverdale*? —Lo más cercano que teníamos a celebridades hoy en día eran Josie y sus Pussycats. Thornton Wilder no podría haber descrito una Riverdale más pintoresca.

—Claro que sí. Incluso hemos tenido el honor de servir a algunos presidentes, a lo largo de los años. Algunos estando de campaña. Otros, durante… épocas no tan felices. —Sus ojos se oscurecieron por un instante, pero no ahondó en ello.

»¡Neil Armstrong pasó por aquí para comer un bocadillo de atún una vez! El hombre manchó todo el suelo de lodo —recordó—. No es que me importara, que quede claro, esos pies habían pisado la luna. Ah, y una noche, alrededor de las dos de la mañana, esa cantante extravagante… Madonna, llegó con sus bailarines en un autobús de lujo. Quedó tan encantada con mi pollo y mis gofres que me regaló entradas para su concierto. Pero se las regalé a mis camareras. No me gustan demasiado los eventos a todo volumen.

—Supongo que eso debió haber sido antes de que se volviera macrobiótica —comenté—. Pop, la verdad es que esos han sido grandes encuentros. —Era increíble que él llevase todas esas historias guardadas en su interior. Quizás cuando comenzara el año escolar, pensaría en publicar un perfil en el *Azul y Oro* o algo por el estilo. Pop era un héroe local, o un historiador oral.

Pero, por otro lado, publicar en el periódico escolar significaba *unirme* al periódico escolar, y como creo haber mencionado, no soy alguien que se una a cosas. Así que tal vez no lo haga…

—Tienes mucha razón en eso de que fueron grandes encuentros. —Pop estaba orgulloso, y con derecho—. A propósito, ¿veis ese billete que está allí en la pared? —Señaló un pequeño cuadro junto a la caja registradora que por alguna razón yo nunca había visto—. Esa fue una propina que mi padre recibió de uno de los más famosos… o debería decir *infames* clientes que alguna vez tuvimos.

»Mi padre había abierto la cafetería hacía dos años. Fue un martes, durante el ajetreo de la mitad de la tarde. Había electricidad en el aire. Sabéis lo que se siente, ¿verdad?

—Sí —dije al mismo tiempo que Dilton respondió: «Definitivamente». *La estoy sintiendo ahora, Pop, si soy sincero.*

—Una pareja extraña atravesó la puerta.

Mmm.

—¿En qué sentido «extraña»?

—Más tarde mi padre dijo que notó de inmediato que no eran de por aquí. Su ropa, su acento de Texas… cosas evidentes, en realidad. Pero era más que eso. Algunas personas tienen… el hedor de la muerte alrededor.

—Ajá —suspiró Dilton, pero hice un gesto con la mano para callarlo y no perderme ni una palabra.

—Esos dos apestaban a muerte —aseguró Pop—. Emanaba de ellos. Se sentaron demasiado cerca, rieron demasiado fuerte y no podían mantener las manos alejadas del otro.

—Suena como algo típico de los estudiantes de Riverdale —bromeé.

Pop me miró con seriedad.

—Mi padre me contó, ese día, que vio algo que lo congeló hasta la médula. Se dirigió a entregarles la cuenta y fue como si… hubiera tenido una visión, un vistazo hacia el futuro. —Pop sacudió la cabeza—. No sé qué fue lo que vio, pero de alguna manera supo que esos dos terminarían mal.

—¿Violencia? ¿Tu padre tuvo una premonición? —¿Estábamos hablando de una percepción extrasensorial? Eso quizás fuera demasiado, incluso para un escritor como yo.

—No abundó en detalles, pero sí. Un tiroteo. Y un mal final. Mi padre no era psíquico ni nada por el estilo, lo que sintió no era algo normal para él. No le había sucedido antes, y hasta donde sé, nunca volvió a sucederle. —Pop tragó saliva—. El joven le entregó a mi padre cinco dólares. La cuenta era de solo ochenta centavos. Pensad que esto sucedió durante la Depresión, y la mayoría de la gente no tenía ni un centavo. Excepto Bonnie Parker y Clyde Barrow.

—Un momento... ¿estás diciendo que tu padre les sirvió a *Bonnie y Clyde*? —La carga eléctrica que ya sentía me recorrió la espalda. No podía escribir lo suficientemente rápido.

—Estoy diciendo exactamente eso, hijo.

—Creo que me he equivocado —admití—. Quizás suceden más cosas en Riverdale de lo que parece. Quizás siempre ha sido así. —Y yo que había estado pensando en batidos y jardines cuidados a la perfección. Pero los gánsteres y sus compañeras también merodeaban por aquí.

Dilton puso los ojos en blanco.

—Sin duda. Y el conocimiento es poder. Eres sureño, Jug. No sé por qué es tan difícil para ti creer que Riverdale pueda tener múltiples capas.

Me enfurecí ante la mención de la guerra de clases. Seguro, mi padre tenía una chaqueta de Las Serpientes del Sur colgada de un gancho detrás de la puerta de la caravana. Pero él era una Serpiente solo de nombre. Esto no era *Amor sin barreras*, Jets contra Sharks.

—Quizás debería conseguirme una de esas navajas de bolsillo.

—Bromea cuanto quieras. Si Pop y yo no te podemos convencer, tendrás que aprender por la fuerza. —Habló sin ninguna inflexión, sonó casi como una amenaza.

—Dilton, de verdad necesitas tranquilizarte, al menos en un diez por ciento. Lo próximo será que me digas que Sweetie es real. —No pude evitar añadir una referencia a la versión de Riverdale del Monstruo del Lago Ness, una criatura mítica que acecha las orillas del río Sweetwater.

—Jughead Jones, cállate —intervino Pop—. Quizás Sweetie sea real, quizás no... pero no es ningún secreto que hemos perdido a muchos en ese río. Durante mi infancia casi todos los veranos escuchábamos que algún otro niño había sido descuidado o distraído y se había ahogado. Algunas personas lo aceptaban como un hecho, pero *muchas* otras creían que había algo más.

Abrí la boca, y la volví a cerrar. Tan solo hace un minuto, Pop nos estaba contando que su padre había predicho las muertes de Bonnie y Clyde, y había parecido bastante plausible. Ahora estaba diciendo que el río (incluso nuestra ciudad) estaba maldito de manera innata.

—Yo, eh… —La conversación estaba volviéndose hacia un extremo fantástico… pero la atmósfera de la cafetería todavía tenía esa sensación eléctrica de la que hablaba Pop. Esa sensación de que estábamos al borde de algo desconocido.

Algo que nunca seríamos capaces de controlar. Y tampoco capaces de revertir.

Dilton me sonrió con pedantería. Supongo que es agradable cuando el residente sabelotodo se queda sin respuestas astutas.

—Claro —dije, cerré la portátil de pronto y me puse de pie—. Tal vez haya algo más.

—Luna sangrienta, Jughead —soltó Dilton, con su tono cantarín y sugestivo—. Hazme saber si necesitas… algo. Los scouts y yo estaremos alerta.

—Eso es… reconfortante. —Le hice un gesto a Pop, nuestra clave para *Hablaremos de la cuenta más adelante*. (Hablando de cosas míticas… ¿había algo más mítico que este *más adelante* con el que tratábamos?). Comencé a despedirme, cuando lo escuché: el irritable y tartamudo rugido de un motor.

El motor de una *motocicleta*.

En el pueblo solo había una que hacía esa clase de estruendo: la de mi padre.

¿Pero qué demonios estaría haciendo aquí ahora?

Corrí a la puerta justo a tiempo para ver cómo se alejaba la motocicleta a toda velocidad, una nube de humo dejaba un rastro desde el tubo de escape, que me era tan familiar como los famosos macarrones con queso precocinados de mi madre.

Mi padre. Definitivamente era mi padre.

La motocicleta me resultó familiar, sí. Y también la insignia de Serpiente que vi en el dorso de su chaqueta mientras se alejaba con prisa.

Papá:

Jason, respóndeme. Sé que has visto a Cheryl. Sé que estás recibiendo estos mensajes. Necesito saber que estás de acuerdo.

Papá:

Esto no es una broma, jovencito. Tengo expectativas. Todos las tenemos. Tienes un deber que cumplir con tu familia. Eres un Blossom.

Papá:

Jason, tu desobediencia tendrá consecuencias.

Papá:

Quédate allí. La serpiente está en camino.

Jason:

Está llegando tarde y la gente se está preguntando por qué estoy aquí tan temprano. Parece extraño.

Papá:

Haz lo que te digo.

∿∿∿

Jason:

¿Estás teniendo dudas?

Polly:

Nunca. Solo desearía poder hablar con Betty antes de marcharme. Incluso aunque no pueda contarle toda la verdad.

Jason:

No podemos contarle a nadie toda la verdad. Pero sigue intentando hablar con B. Todavía falta mucho para que sea mañana por la mañana.

Polly:

¡Sí! Parece que nunca llegará.

Jason:

Lo hará. Y entonces estaremos juntos… y libres.

Polly:

7

VERONICA

—¡Eres una diosa deslumbrante! —exclamó la chica rubia y esbelta con una intensidad que no concordaba en absoluto con su apariencia grácil, relajada e impecable en forma.

Las diosas deslumbrantes en general no gruñen ni están bañadas de sudor, pero cualquier cosa puede suceder durante una clase de *spinning*, y yo estaba muy concentrada. Además, no había nadie alrededor para verme en mi gloria de semidiosa exhausta y de cara enrojecida: SoulCycle era *muy* 2015, y cambiar a Flywheel cuando se separaron los dueños parecía como involucrarse en una pelea entre Costa Este/Costa Oeste. Cuando se trata de tomar bandos, al final del día, siempre seré #EquipoYo.

Entonces, ¿qué hace una chica para lograr su cuota de ejercicio diaria? Simple, por supuesto: si lo construyes, vendrán. Y con *lo* me refiero a un estudio Pelotón de tres bicicletas a la salida de mi habitación (renovamos la sala de proyección después de comprar el apartamento de debajo, hicimos una transformación y creamos una sala de proyección nueva que tiene el doble de asientos. ¡Un acierto!). Y con *vendrán* me refiero a Heather (y a veces, Oceanna, cuando Heather está ocupada con la temporada previa a la entrega de premios de sus clientes famosos de L. A.). Mi madre la encontró en el punto máximo de la locura por el entrenamiento Orangetheory en el Upper West Side; consiguió convencerla para trabajar de manera privada, y Heather nunca volvió a mirar atrás.

Heather buscó un par de pesas que estaban guardadas detrás del asiento de su bicicleta y enarcó una ceja, indicándome que yo debía hacer lo mismo. Le dediqué mi mirada más fulminante.

—Ya casi hemos terminado —insistió—. Y los tríceps ahora están más a la moda que los músculos del torso.

Deseé que nos adelantáramos a lo que inevitablemente reemplazaría a los tríceps en el futuro, pero logré hacer dos series de repeticiones antes de que la música se volviera más lenta, un remix de una balada popular, Heather atenuara las luces y finalmente murmurara esas palabras mágicas:

—Desengancha los pies.

—Tú eres una diosa deslumbrante —le dije, feliz de bajarme de la bicicleta para estirar una pierna por encima del manillar y así aliviar mis isquiotibiales, que me ardían de dolor—. Siento las cosas que he soltado durante la subida.

—Gran trabajo hoy, Ronnie. Como siempre. —Heather sonrió.

—Ya me conoces. Siempre intento hacer lo mejor. —Liberé a mi pelo de su caótica coleta y lo sacudí para aflojar la tensión de mi cuello y mis hombros.

—Con razón puedes ser tan intimidante. —Me giré para encarar a mi fiel amigo, es decir, Nick St. Clair, que se encontraba justo al lado de la puerta abierta del estudio.

Nick es el típico chico de la parte alta de la ciudad, algo así como un Gatsby del instituto, para mejor o peor. Y básicamente lo tenía comiendo de la palma de mi mano perfectamente cuidada por la manicura. Pero no pudo resistir echar un vistazo de admiración a mi vestimenta deportiva ajustada. (Y la verdad es que no podía culparlo. La licra me quedaba de maravilla).

—No me mires con lujuria, no es apropiado para un hombre de tu posición —bromeé—. Y no finjas estar asustado de mí.

(No estaba fingiendo. Todos están, al menos, un poco asustados de mí. ¿De qué otra forma podría conseguir las cosas?).

—Smithers me ha dejado pasar. Me ha enviado aquí arriba con esto. —Nick extendió una pequeña bandeja de plata que sostenía dos vasos de agua con pepino. Agradecida, sujeté uno y le entregué el otro a Heather.

Heather bebió un trago y después se acercó para darme un sudoroso beso aéreo en la mejilla. Me dio unas palmaditas en el hombro.

—A la misma hora la próxima semana. Mantente firme, querida. Tienes las bandas elásticas si quieres dominar esos tríceps.

—*Si quiero.* —Me reí y miré cómo Nick observaba a Heather retirarse dando saltitos con su propia ropa deportiva ajustada.

Le propiné un empujoncito.

—Mirando con lujuria otra vez.

—Lo siento. —Volvió a girarse hacia mí y me dedicó toda su atención—. Por supuesto, solo tengo lujuria para ti. *Yo* me encargaré de tus tríceps si quieres.

—Puajjj. Tranquilízate, cariño. La caballerosidad no está muerta. —No era *Casablanca* (era algo más parecido al primer acto de una película de Apatow), pero lo creas o no, para Nick St. Clair, ese había sido un intento de *romanticismo.*

Nos dirigimos arriba, donde la mesa del comedor se había convertido en el centro de comandos: mi madre estaba allí, por supuesto, junto con Rafe, quien tenía puesto su uniforme distintivo de vaqueros ajustados, camiseta gris de cuello en V y zapatos de cuero Gucci. Su auricular Bluetooth destellaba detrás de una de sus orejas, y estaba observando algo en el iPad con un nivel de concentración que colindaba con lo sobrehumano. Otros asistentes vestidos de blanco revoloteaban por el sitio, colocaban unos finos y frondosos ramos de flores de tallo largo, colgaban unas delicadas lucecitas elegantes y agrupaban el mobiliario para lograr una capacidad óptima de socialización. Ellos eran profesionales en sentido literal; mis padres y yo, profesionales por experiencia. Tenía que darle crédito a mi madre: ahora mismo teníamos prácticamente la misma cantidad de personas en nuestra casa que las que habría como invitados más tarde, todos se encontraban ocupados en varios estadios de preparación para el evento, y ella no tenía ni un solo mechón de su pelo negro fuera de lugar. Su pintalabios —NARS, Natalie— estaba impecable. La mujer era inagotable.

—Todo está quedando genial, mamá —subrayé, echándole un vistazo a un tazón gigantesco repleto de dólares de arena enchapados en oro.

—Sotheby's —aclaró madre, siguiendo mi mirada—. De la propiedad de Palm Beach de Douglas Fairbanks.

—Son fascinantes —exclamé, y admiré el despliegue—. Y estarán increíbles en el...

—¡En el tocador del baño principal en Lodgehampton! —dijimos al unísono, riendo.

Rafe nos miró y sostuvo un dedo en alto para indicarnos que mantuviésemos la calma. Nosotras soltamos unas risitas, aunque en voz más baja, más contenidas. Finalmente, terminó su llamada, apoyó el iPad y regresó al mundo real.

—Señoritas, sois adorables, pero estáis ensuciando el buen nombre de las familias disfuncionales del Uptown.

—No te molestes, Rafe, los Lodge son una familia feliz. Lo sé, es como encontrar un unicornio en tu patio trasero: muy inesperado, e incluso menos creíble. —Nick pareció melancólico durante un minuto, a pesar de que yo sabía que su vida también era muy feliz. Pero tenía razón, mis padres estaban muy unidos, y ambos se dedicaban por completo a mí. Quizás eso me había vuelto fácil de odiar entre mis pares menos afortunados, pero ¿qué me importaba? Mi vida era casi perfecta.

—Lo dices como si fueras Oliver Twist y no Jay Gatsby —bromeé.

—Creo que no has entendido el mensaje de ese libro.

—No es así —respondí con una sonrisa de superioridad.

—Tranquila, cariño —me interrumpió mi madre. Le sonrió a Nick—. Y hablando de familias felices, estamos deseando ver a tus padres esta noche.

—Están muy emocionados. Todos saben que el Cuatro con los Lodge es el evento del verano.

—¿Es por eso que estás aquí a esta hora de la…? —Revisé mi reloj Apple (mi padre me compró mi Cartier cuando empecé el instituto, pero a veces una necesita una pieza de joyería que también envíe mensajes)—. Bueno, del mediodía, supongo, así que a una hora civilizada. A duras penas. —Sinceramente, había estado despierta desde las siete de la mañana, con toda la actividad revoloteando a mi alrededor, pero ¿no se suponía que los chicos adolescentes eran nocturnos?

—¿No estás feliz de verme? —Nick hizo una mueca de falsa tristeza. Había pasado tiempo, en realidad; en general Nick y su familia volaban a la Riviera italiana en las semanas posteriores tras terminar el curso, a algún *palazzo* en Cerdeña, mientras que los demás luchábamos a muerte como idiotas por conseguir lugar de aparcamiento en Nick and Toni's en el East End. Se había puesto muy moreno allí, un leve color en sus pómulos esculpidos que de hecho estaban contribuyendo a que perdonara una visita tan temprana sin previo aviso.

—Siempre estoy feliz de verte, *mon cherie*. Pero sigo sorprendida.

—Ha querido decir que está ocupada —intercedió mi madre—. Ronnie, necesitamos tu infalible buen gusto para poner la casa en orden.

—Por «infalible buen gusto» quiere decir «un par de manos extra» —le aseguré a Nick—. Es su forma educada de ponernos en movimiento.

—Esas son tus palabras, no las mías —protestó madre—, pero Rafe tiene una lista de tareas para ti.

Rafe dio unos toquecitos al iPad con aires de suficiencia.

—Algunas llamadas —explicó.

—Lo siento, Nick, esto es un caos total. Quizás podamos pasar algo de tiempo de calidad en la fiesta. —Hice una mueca; ambos sabíamos que era poco probable que pudiera pasar *más* tiempo con él cuando las tareas de anfitriona entraran en juego.

—¿Me acompañarías a la puerta? —Lo hubiera hecho de todas formas, pero juntó las cejas de tal modo, que me indicó que había venido a hablar sobre algo en particular.

Una vez allí, se giró hacia mí con inquietud. Definitivamente sucedía algo con mi chico.

—¿Qué sucede, Nicky? ¿Qué demonios tiene sudando al imperturbable Nick St. Clair?

Se sonrojó.

—Es solo que… Ah, la verdad es que no sé cómo decir esto, Ronnie.

—¿Decir qué? —Extendí la mano para quitarle el pelo de la frente, y él se encogió y se apartó de mi mano—. Bien —dije lentamente—. No te he visto en semanas, vienes a saludarme, estiro la mano para tocarte y te encoges para alejarte de mí. ¿Qué me estoy perdiendo? ¿Es una clase de acertijo? ¿Comienza con un asesinato en una habitación cerrada? —Extendí los dedos en un gesto amenazante de cosquillas, y me gané una media sonrisa.

—Ronnie, detente. Lo siento, estoy comportándome como un extraño —admitió Nick, pareciendo más y más avergonzado—. Solo necesito soltarlo.

—Con este suspenso, espero que estemos en presencia de un nivel de giro dramático de *Dinastía*, la versión original.

(¿A quién no le encanta Joan Collins en su mejor papel?).

—Lo cierto es que, sí, he estado ausente durante algunas semanas y, quiero decir… bueno, tú sabes que tengo una reputación de, eh, digamos, *salir con chicas*.

—La verdad es que tienes una sólida reputación de mujeriego empedernido —acepté—. Bien ganada.

—Pero, bueno… mientras estuve lejos, me di cuenta de que… bueno, de que estaba pensando mucho. Estaba pensando mucho en *ti*, Veronica.

Ay. Dios.

—Nick St. Clair —dije, conmocionada, pero de una manera agradable—. ¿Qué está sucediendo? ¿Estás aquí para cortejarme formalmente? ¿Pedirme una cita real? Porque si es así, sería encantador. Increíblemente retro. —Si Nick estaba teniendo sentimientos auténticos por mí, no estaba segura de cuál sería nuestro próximo paso. Pero no eran noticias terribles.

—¿Retro en un buen sentido?

Reí.

—¡Sí, tonto! Pero ya lo sabes, podrías habérmelo dicho antes.

—¡Lo intenté! Como te he dicho, a veces puedes ser intimidante. —Juntó los dedos en un gesto de «solo una pizca».

—¿*Moi*? No lo creo. —Aparté de una sacudida su gesto.

—Créeme. —Me dedicó una mirada, detenida ahora, y fijó sus ojos en los míos—. En fin. Es probable que suene un poco idiota, pero me has conocido desde siempre, así que seré directo: la verdad es que nunca esperé que hubiera una chica que ocupara mi cabeza durante semanas, aun cuando estuviéramos separados.

—¿Así que esto es alguna clase de récord romántico para ti? Nick asintió.

—Así que creo que el único signo de interrogación aquí eres tú.

—Entonces, quieres una cita real —dije—. A pesar de que nunca hemos hecho más que coquetear.

—Una cita real. Exactamente. Piensa en una película de Julia Roberts. —Nick se mordió el labio.

De pronto pareció muy joven y *muy* vulnerable, dos cosas a las que no estaba acostumbrada. Era un poco emocionante, para ser sincera, ser capaz de reducir a Nick a tal nivel de inseguridad. Pero no fue su momento más irresistible.

¿Qué puedo decir? Me atrae el poder. Es algo de los Lodge.

La lluvia de pecas que había ganado en Cerdeña se movió en lo alto de sus pómulos. Pobre chico; tenía que darle alguna clase de respuesta.

—Nick —comencé a decir, apretando su mano, que todavía estaba sosteniendo—, sabes que te adoro.

—Pero... ¿tal vez no de «esa» forma?

—¿Sinceramente? —Tragué saliva—. No estoy segura. Pero tal vez eso sea porque nunca antes lo había pensado.

—Bueno, quizás... piensa en ello ahora. Podemos ir a dar un paseo en bote en el Central Park. O en la Cyclone de Coney Island. Será una cita digna de un montaje de comedia romántica de la década de los ochenta. —Se acercó más a mí y apoyó sus manos sobre mis hombros. Pude sentir su respiración en mi mejilla, la calidez de su piel. Las sensaciones conspiraron para confundirme aún más; me sentía agradecida de tener tiempo para pensar en todo esto.

—Lo pensaré, te lo prometo. —Mi piel parecía erizada, como antes de una tormenta eléctrica, como si estuviera viendo a Nick St. Clair bajo una luz diferente.

—Tómate tu tiempo —dijo Nick, su voz ronca—. Pero no *demasiado.*

—Hay mucho en qué pensar —respondí con suavidad.

—Es verdad —asintió Nick, también susurrando—. Probablemente deba irme para que puedas comenzar a hacerlo. —Me acercó a él para que sus labios solo rozaran mi mejilla—. ¿Te veo en la fiesta?

—¿Qué? —Durante un instante me quedé prácticamente hipnotizada. Yo: Veronica Lodge, que tenía a todos en mi vida comiendo de la palma de mi mano—. Eh, por supuesto. La fiesta. —De pronto, quería que llegara con más ansias. No había pensado que eso fuera posible.

Nick me saludó con la mano y desapareció en el elevador. Sacudí la cabeza e intenté disipar la explosión espontánea de oxitocina. ¡Tenía que hacer llamadas! Y otras tareas de las que ocuparme. No podía permitirme estar en la nebulosa todo el día. Ni siquiera en una tan inesperada y deliciosa como esta.

Me giré para dirigirme hacia el comedor y casi tropiezo con Smithers. Tenía en los brazos una pila abrumadoramente alta de papeles con el membrete de Industrias Lodge visible arriba de todo. Pareció sorprenderse cuando se dio cuenta de que se había topado conmigo.

—¿Archivando algunos papeles, Smithers? —bromeé—. ¿Cómo ha logrado escapar de las tareas de planificación de la fiesta? Creía que esta era una situación de todas las manos a la obra.

Smithers sonrió, pero (debió haber sido mi imaginación) su expresión pareció forzada, en especial alrededor de sus ojos.

—Sí, bueno. Nada de qué preocuparse, señorita Veronica, estaré con usted tan pronto termine de desechar esto.

—El reciclaje es por allí —le recordé, y señalé los varios conductos para la basura que estaban incorporados a la pared de nuestra cocina comedor. Era extraño; Smithers era mayor, pero no estaba *senil*.

—Por supuesto —respondió Smithers. Pero continuó dirigiéndose en la dirección opuesta, hacia el estudio de mi padre.

No tenía mucho sentido, pero tampoco me preocupó demasiado. Sinceramente, con la fiesta de esta noche y la visita de Nick, tenía más que suficientes cosas en las que ocupar la mente.

Midge:

Moose, ¿iremos al Twilight esta noche? ¿Alguna posibilidad de que puedas escaparte más temprano?

Midge:

¡No me dejes esperando, Moose!

Midge

Está bien, debes estar superocupado. Hablamos más tarde y ¡espero verte! 😍

8

ARCHIE

De regreso de ver a Geraldine, debía hacer dos paradas rápidas, y todo antes de que mi padre se diera cuenta de que me había ido siquiera. Me creía cuando le decía que había salido a correr —mayormente porque eso era lo que hacía casi todas las mañanas; el entrenador Clayton dejó muy en claro que teníamos que mantenernos en forma durante el verano—, pero era todavía mejor que no notara mi ausencia.

Incluso aunque en el fondo odiaba ocultarle cosas a mi padre.

La primera parada sería en el instituto Riverdale. El edificio alto de ladrillos rojos era idéntico a la primera imagen de Google que encontrarías si buscaras «típico instituto estadounidense», con una escalera amplia y curva, y unas puertas principales pintadas de rojo brillante. Esas puertas están cerradas durante el verano a menos que haya alguna ocasión especial. Por lo general.

Pero la entrada trasera, la que conduce al campo de fútbol, esa siempre permanece abierta.

Es uno de los «secretos» mejor guardados de Weatherbee. El entrenador Clayton prepara entrenamientos hacia el final del verano a medida que nos acercamos al primer día de instituto, y quiere que su equipo tenga acceso al gimnasio para practicar y entrenar, incluso si lo hacemos por nuestra propia cuenta. Así que comenzó como un beneficio reservado para los Bulldogs. Pero esta es una ciudad pequeña, y todos saben lo que hacen los demás —en su mayoría— así que, por supuesto, los estudiantes saben cómo entrar si necesitan hacerlo. Y más de uno se aprovecha de eso, de vez en cuando.

Las buenas noticias son: no hay muchos estudiantes que intenten *entrar* en el instituto durante las vacaciones de verano. Así que mis propios secretos estuvieron a salvo durante todo ese tiempo.

Es fácil bromear con que la señorita Grundy —quiero decir, *Geraldine*— me está, ya sabes, «enseñando música», con las comillas sarcásticas y todo. Pero como he dicho, lo está *haciendo*, y ni siquiera estaríamos… bueno, ni siquiera estaríamos haciendo nada si no fuera por la música. Ella es la única persona en el mundo a quien le confío las letras de mis canciones. Y es la única persona en el mundo que se las toma en serio. Que *me* toma en serio.

En fin, la señorita Grundy había dicho que había algunas partituras en blanco en su escritorio de la sala de música, y yo iría a buscarlas para llevarlas con nosotros cuando fuéramos a acampar. Geraldine decía que nunca se sabe cuándo y dónde llegará la inspiración. Tiende a tener razón en esa clase de cosas. Por lo tanto, allí en la naturaleza, con ella a mi lado… parecía muy probable que me inspirara. Bueno, solo la misma Geraldine tenía ese efecto en mí.

Los pasillos estaban en penumbras, a pesar de que el sol ya había salido. No era la primera vez que estaba en el instituto después de hora (¿o las vacaciones de verano contaban como *antes* de hora?), pero aun así era un poco inquietante lo tranquilo y quieto que estaba todo, como si alguien que nos estuviera observando hubiera presionado «pausa» en un mando gigante. La sala de música también estaba completamente vacía, sin signos de que alguien la usara *alguna vez* excepto por Josie y su grupo de música. Algunas veces ensayaban aquí. (Tal como los Bulldogs, las Pussycats tenían sus propios privilegios. Mira, nunca nadie ha dicho que el instituto fuera un campo de juego totalmente regular. Aunque me moleste, no hay mucho que pueda hacer al respecto).

Encontré las partituras con facilidad en el cajón superior de su escritorio, junto con algunos blocs de notas autoadhesivas de diferentes colores y un pequeño bote de algo para los labios que parecía caro, como si no hubiera sido comprado en una farmacia. La etiqueta decía «rosa», e hice una nota mental de ello: le gustaban las rosas. Solo en caso de que alguna vez llegara el momento de comprarle flores. Esto podría ser alguna clase de pista, algo que me indicara sus gustos.

No lo sé, pensar así hizo que mi estómago se retorciera. No podía imaginar un futuro sin... Geraldine y yo. Pero tampoco soy estúpido. Ella es mi *profesora*. No podía ver con exactitud dónde terminaría todo esto. O quizás sí lo *podía* ver... pero no quería hacerlo.

Cerré el cajón y también cerré la puerta a esos pensamientos, por ahora.

Con las partituras guardadas en mi mochila, coloqué en su lugar algunas sillas que había movido y me aseguré de dejar la sala tal como la había encontrado. Estaba ensimismado en mi propia cabeza, en mis pensamientos, cuando volví al pasillo...

... y me topé con Cheryl Blossom.

Parecía tan sorprendida como yo, dejó caer lo que fuera que estaba llevando, pero se recuperó con rapidez. Esa es Cheryl: tiene los reflejos de un gato y te arañará si la pillas con la guardia baja.

—Archie Andrews —dijo, y colocó su pelo rojo perfectamente ondulado sobre un hombro—. Mira que eres sigiloso. ¿Qué te trae a los sagrados pasillos de Riverdale tan temprano en esta pintoresca mañana de verano?

—Yo, eh, me dejé algo en mi taquilla —respondí. Fue lo primero que vino a mi mente. La razón por la que estaba aquí no era asunto de Cheryl, por supuesto. Pero eso no la detendría.

—Mmm. —Apretó sus labios pintados de rojo brillante—. Una historia plausible, excepto porque estabas saliendo de la sala de música. Tu taquilla se encuentra en el pasillo sur. Así que estoy pensando que tienes otros motivos. —Se dio unos golpecitos en el mentón con una de sus uñas (también pintadas de rojo cereza), como si estuviera dándole vueltas al asunto en la cabeza.

—Cheryl, cálmate —contesté—. No todo el mundo está conspirando siempre como tú. —Si pudiera escuchar a mi corazón latiendo en mi pecho... Hasta ahora nadie sabía lo que yo tenía con Geraldine, y mantendríamos las cosas así, sin importar qué sucediera.

—*Touché* —dijo, y se inclinó para sujetar lo que había estado llevando—. Tienes razón, aunque estás reaccionando de manera un poquito sospechosa para mi gusto. ¿No eres tú el buen chico que siempre otorga el beneficio de la duda al público en general?

Buen chico. A la gente le gustaba decir eso de mí. Me pregunté qué pensaría Cheryl (qué pensarían todos) si supieran la verdad, si supieran quién soy en realidad. Le miento a mi padre, critico al entrenador... y, por supuesto, Geraldine...

—Espera, tienes... ¿la chaqueta de fútbol de Jason? —Ni siquiera tenía la intención de husmear (no estaba exactamente en la mejor posición para hacerlo, incluso si hubiese querido), solo solté la pregunta cuando me di cuenta de lo que tenía en sus brazos.

—Qué observador. —Su voz sonó con el suficiente desafío, pero... ¿me pareció a mí o un ínfimo asomo de culpa cruzó por *su* cara en ese momento?

No tenía idea de por qué Cheryl podría sentirse culpable.

Pero tampoco sabía por qué podría necesitar la chaqueta. Ella y Jason eran tan cercanos que prácticamente eran siameses.

—Solo le estoy haciendo un favor a Jay-Jay —informó, leyendo la expresión de mi rostro—. La necesita ahora, Dios sabe por qué, y él está ocupado con... bueno, simplemente digamos que mi querido hermano tiene bastantes cosas para hacer hoy. Así que hashtag la gemela al rescate.

Todavía parecía que estaba escondiendo algo, pero tenía que darle crédito: era una experta en inventar excusas. Y yo no la presionaría. No cuando tenía mi propia lista de cosas para hacer durante el día.

Fijó sus ojos marrones oscuros en los míos.

—La familia lo es todo, Archiekins.

—Estoy de acuerdo —respondí, algo perturbado por su intensidad. Ser *intensa* era básicamente su modo de ser por defecto. Pero, aun así, me sentí incómodo—. De hecho, hablando de familia, tengo que llegar a Pop's. Iba a buscar un poco de café y algo para el desayuno de mi padre y su equipo.

—Qué coincidencia, yo vengo justo de allí. El lugar estaba prácticamente repleto para ser tan temprano. Acabas de perderte a tu propio hermano sustituto, y a su padre también, para el caso. Aunque no creo que sus caminos se hayan cruzado siquiera.

—¿Jughead estaba en Pop's? —No sé por qué me sorprendió; Jug prácticamente vivía en Pop's. Sentí una punzada de culpa; no conocía todos los detalles, pero sabía que últimamente las cosas no estaban yendo bien para Jug en casa. Era consciente de que alguna vez había conocido todos los detalles. ¿Y no teníamos un plan o algo así para el Cuatro? Mierda, me había olvidado de eso una vez que Geraldine y yo comenzamos a organizar nuestros propios planes. Tendría que enviarle un mensaje pronto. Esto era otra demostración de que el «buen chico» estaba fallando en su trabajo últimamente.

Luego asimilé el resto de lo que ella había dicho.

—¿Ha estado F. P. en Pop's tan temprano? —El padre de Jughead no era conocido por madrugar exactamente. Era más la definición de una persona nocturna.

Cheryl se encogió de hombros.

—Escuché una motocicleta; vi una chaqueta. No me detuve a investigar precisamente. Solo pasé por allí para ponerme en contacto con Jay-Jay. Estaba preocupada; fue algo rápido. De todas formas, ¿no trabaja él para tu padre?

—Sí. —F. P. y mi padre habían cofundado lo que ahora se conocía como Construcciones Andrews. Ahora F. P. es parte del equipo. Mi padre nunca me contó la historia completa.

Quizás entre nosotros había más secretos de lo que me gustaba pensar.

El teléfono de Cheryl sonó y nos interrumpió. («Rip Her to Shreds», de Blondie, era su tono de llamada, la elección era tan increíblemente propia de Cheryl que quise reírme, pero la expresión de su cara cuando vio el nombre de quien la llamaba me lo impidió). Cheryl no se molestó en hacer más que un gesto con la mano por encima de su hombro para arreglar su pelo mientras se dirigía a buscar otro lugar, supongo, para conversar con más privacidad. El pasillo proyectó ecos como Moose Mason arroja un lanzamiento perfecto en espiral.

Era como si el fútbol estuviera siempre merodeando en el fondo de mi cabeza —ese momento que sabía que llegaría en cuanto comenzase a entrenar nuevamente, ese momento donde de pronto mi música se haría pública— porque sería un conflicto. Una distracción. Odiaba pensar en ello. Pero no podía *dejar* de hacerlo.

Salí por la puerta trasera de la misma manera en la que había entrado, y pasé por —tal como has adivinado— el campo de fútbol, y sentí que esa parte de mí era algo que jamás podría olvidar.

(No era que *quisiera* olvidarla, no por completo. En realidad, estaba cansado de que el fútbol fuera lo único que me definiera. Y estaba más que cansado de sentir que ese asunto no dependía de mí).

Pero Riverdale era una ciudad típicamente *estadounidense*, y no se puede olvidar el fútbol del instituto en una típica ciudad estadounidense. Y tampoco sus rivalidades. Así que lo primero que noté cuando salí del edificio —ahora el sol estaba ardiendo en lo alto— fue nuestro campo. Nuestro amplio y verde campo, que conocía tan bien que prácticamente podía reconocer cada brizna de césped del terreno con solo tocarlo.

Alguien lo había cubierto con tenedores de plástico. Tenedores de plástico blanco enterrados con el mango hacia arriba por toda su extensión, distribuidos en filas distanciadas por cinco centímetros, como pequeños soldados de plástico. Era *demencial*. Parpadeé para asegurarme de que no estaba teniendo una alucinación.

(No lo estaba).

Debió haber llevado horas clavarlos en el campo con tanta precisión.

Llevaría *horas* quitarlos.

Supe de inmediato quiénes eran los responsables. Solo un grupo sería capaz de eso: los Cuervos del instituto Baxter, también conocidos como los rivales número uno de los Bulldogs de Riverdale.

El corazón me dio un vuelco al mirar todas esas hileras de tenedores. Los Cuervos sí que estaban organizados. Y disciplinados. Cuando el entrenador Clayton se enterara de esto, nos convocaría a todos para limpiar el campo. Seríamos reclutados. ¿Y cuando Reggie lo supiera? Llamaría a todos para orquestar una broma de venganza contra los Cuervos. Nos reunirían de nuevo.

Pero la verdad era que yo simplemente no tenía el tiempo —o el interés— de hacer ninguna de esas dos cosas.

Tal vez el «chico bueno» de Archie hubiera informado de inmediato de lo sucedido en el campo al entrenador. Tal vez se lo hubiera dicho a todos y actuado como un «jugador de equipo» real y literal.

Así que tal vez esto era una prueba de que me estaba alejando más y más de ser el «chico bueno» que pensaba que siempre había sido. Porque no haría eso. No si significaba toparme con los efectos colaterales tan pronto.

Ya ni siquiera me reconocía a mí mismo.

Estaba tan inmerso pensando en el campo y en mi padre y en los secretos que al parecer estábamos guardando el uno del otro, que casi no me percaté de algo que también estaba ocurriendo. A los lados del campo, donde las gradas se encontraban con el suelo…

Había alguien —*algunas* personas— moviéndose por esa zona.

Quizás estaba imaginando cosas, quizás estaba demasiado ensimismado en los millones de pensamientos que pugnaban por abrirse paso en mi propio cerebro, pero parecía como… ¿Kevin Keller estaba allí, apoyado contra los barrotes de aluminio? Definitivamente se parecía a Kevin. Y definitivamente no estaba solo.

¿Kevin tiene novio? No lo creía, pero había alguien allí. Alguien que creía reconocer. Es decir, el chico que estaba con él era muy reconocible.

No tienes otra alternativa si tienes un nombre como *Moose*.

De: JJBlossom@GranjadeArce.net
Para: BombshellC@GranjadeArce.net
Re: Hermana

Necesito escribirte, dejarte una nota y darte las gracias, otra vez, por toda tu ayuda para planear mi escape. Tú hablas de «intuición de gemelos», y sí, conocemos la mente del otro casi tan bien como la propia, pero no te imaginas lo que tu inquebrantable apoyo ha significado para mí durante esos interminables y estresantes periodos de elaboración de planes y preparativos.

No podía irme sin una despedida adecuada, una que con suerte pintará un panorama más completo y verídico de por qué, exactamente, la huida es para mí la única opción posible.

Has sido franca al no aceptar mi relación con Polly; no eres la única. Si tan solo supieras lo mucho que me ha afectado tu descontento, fue más doloroso que el rechazo de mamá y papá. Puede que las razones de tu desconfianza hacia Polly fueran más puras que las de ellos. Solo puedo especular, quizás cómo ella se ganó mi afecto, mis prioridades, fue demasiado para ti.

Pero hermana, te he engañado. Supongo que no podemos saber todo acerca del otro; no te diste cuenta de que mi ruptura con Polly fue solo un engaño. Uno que ya no podemos mantener…

[BORRAR]

PARTE II: TARDE

NOTIFICACIÓN DE INTENTO DE EJECUCIÓN HIPOTECARIA

(Préstamo hipotecario impago)

Fecha de notificación: 30 de junio

Nombre del prestatario: Sr. Manfred Muggs

TERCERA Y ÚLTIMA NOTIFICACIÓN

Esta notificación es requerida por la ley del condado de Rockland (Artículo de Bienes inmuebles, S7-105.1 (a), Código Comentado del condado de Rockland).

Usted está en riesgo de perder la propiedad detallada en esta notificación de ejecución hipotecaria. Ha incumplido el pago de su préstamo hipotecario y si no salda la deuda, corrige su incumplimiento o suscribe un acuerdo de mitigación de pérdidas con nosotros (tal como una modificación del préstamo u otro programa de mitigación de pérdidas) podremos presentar la acción de ejecución contra la propiedad después de que hayan pasado cuarenta y cinco días de enviada esta notificación o después de noventa días pasado el incumplimiento.

Puede solicitar ciertos programas para evitar la ejecución, pero debe presentar la Solicitud de Mitigación de Pérdidas adjunta y los documentos requeridos a su prestamista o recaudador.

Para acceder a la suma exacta necesaria para poner el préstamo al día y subsanar el incumplimiento, por favor llámenos a la línea gratuita. **Si no es capaz de subsanar el incumplimiento, por favor contáctenos de inmediato para analizar las opciones de pago del préstamo u otras posibles opciones para evitar la ejecución, o puede completar la Solicitud de Mitigación de Pérdidas adjunta y enviárnosla junto con los documentos requeridos en el sobre preimpreso provisto** (o a la dirección detallada en el mismo).

¡QUE TENGA UN BUEN DÍA!

9

BETTY

LA MADERA ES TENDENCIA

Muy bien, lo entendemos: ya sea tu habitación, tu dormitorio universitario o tu primer apartamento de chica mayor, tu espacio personal es el lugar número uno para expresarte. Pero si no eres propietaria (¿y quién de nosotras lo es? #SUEÑO), tus opciones de expresión personal quizás estén limitadas.

¡Pero en *Hello Giggles* no creemos en los límites!

Aquí es donde el papel pintado temporal entra en juego.

Lo sé, lo sé, hemos estado hablando sobre este tema durante algunos años ya; estarás pensando que a estas alturas las flores ya han pasado de moda.

ESTAMOS DE ACUERDO.

La carpintería y los detalles en madera son lo último.

¿Y la clave para lograr el estilo que se ajuste al presupuesto de una joven muy activa?

Lo volvemos a decir: papel pintado.

¿Confundida? Sigue leyendo.

Lo creas o no, los motivos de esta temporada son el industrial, la naturaleza y definitivamente no los entramados de tu abuela ni los motivos florales del chintz. *¿Paneles de madera o revestimiento de madera?* Eso es lo que está de moda en las tiendas ahora mismo.

Es papel pintado. Es madera. Son dos looks en uno para una imbatible muestra de estilo. Y es tuyo, todo tuyo.

De nada.

Querido diario:

Me había quedado sin otras formas de referirme al papel pintado y a la madera, pero después de un almuerzo en el trabajo, un poco de sudor, sangre y lágrimas (¡y cafeína!), mi primer artículo para *Hello Giggles* estaba oficialmente terminado y enviado. No sabía si quería hacer un baile de *touchdown* o desmayarme del cansancio en un charco debajo de mi escritorio. Posiblemente las dos cosas. (Pero no al mismo tiempo. Eso sonaba agotador).

No, no era material para un Pulitzer. Ni siquiera era material para la revista *People*. Quizás estuviera apenas por encima de *Us Weekly*, si era generosa conmigo misma. Era papel pintado temporal, una y otra vez. Pero allí estaba, mi nombre, Elizabeth Cooper, como autora del artículo. Y eso significaba algo.

No, significaba todo.

Suspiré, exhausta y satisfecha (acurrucarme debajo de mi escritorio parecía más y más tentador). Me aflojé la coleta del pelo durante un instante, moví mi cuello de un lado al otro y pensé en el artículo sobre Veronica Lodge que todavía tenía que escribir. *Kilómetros por recorrer.* No me había respondido ninguno de mis mensajes o llamadas. Dudaba seriamente de que enviarle e-mails fuera el recurso ganador. ¿Debía acosarla por Twitter o «intentar perseguirla por mensajes directos»? Eso parecía... poco profesional. Y muy poco característico de mí. Ni siquiera de mi yo de L. A.

Mi teléfono vibró contra el escritorio, la notificación lo hizo saltar. Polly una vez más.

¡Hermanita!, decía el mensaje. *¡Me has dejado esperando!* La urgencia de sus palabras era real. Pero yo estaba exhausta... y también muy agitada, la peor combinación posible.

Alcé mi teléfono. *¡Lo siento! ¡Día ocupado! ¡Primer (y segundo) artículo/s! ¿Hablamos más tarde?* Sabía que Polly se sentiría feliz de que hubiera escrito mi primer artículo. Sabía cuánto significaba para mí.

Transcurrió una pausa extremadamente breve antes de que el teléfono sonara otra vez: *¡Dios! ¡Increíble! ¡Estoy TAN emocionada por ti! Prométeme que no te olvidarás de mí cuando seas una autora famosa.*

Sabía que lo entendería.

Por supuesto, escribí. *Hermanas para siempre. No podría olvidarte aun si lo intentara, no querría hacerlo.*

Me envió un Bitmoji de pulgares para arriba, rubia y sonriente como una heroína alegre de animé. *HABLAMOS LUEGO, pero PROMÉTEME que me llamarás ESTA NOCHE.*

Le envié mi propia versión de los pulgares hacia arriba. (Siempre había estado particularmente orgullosa de mi Bitmoji y su perfecta coleta alta de caballo). Normalmente, nunca hubiera hecho esperar a Polly, hablábamos unas diez veces al día, mínimo, pero al parecer estaba en una buena racha y tenía que continuarla, sin distracciones.

Revisé mis mensajes otra vez y después mis llamadas recientes, solo para estar segura. Nada de Veronica Lodge. Y, por supuesto, tampoco ningún e-mail. Muy frustrante.

Por otro lado, había logrado escribir doscientas palabras sobre papel pintado. Veronica Lodge no era rival para mí.

∿∿∿

Durante todos esos años que pasé encerrada en mi habitación leyendo los misterios de Nancy Drew, mi madre siempre se quejaba e intentaba hacerme salir de casa. Estudiar era una cosa, los Cooper mantenían las notas, las apariencias y los mentones elevados, bla, bla, bla... pero leer, ufff. Alice Cooper no estaba impresionada.

«Elizabeth, ¿qué te he enseñado? Los chicos no miran a las chicas que llevan gafas», decía, merodeando en el umbral de mi puerta.

«Mamá, ¿en qué década vives? A nadie le importa si leo, y si les molesta, bueno, ¡los ignoraré! Y además, no uso gafas». La miré parpadeando como un personaje muy nervioso de Disney para enfatizar mi declaración.

Mi madre puso los ojos en blanco; las dos sabíamos que eso no era lo importante. Pero al final no me mencionó más lo de Nancy Drew. *Por fin.*

Lo intentó, de todas formas, y eso era lo relevante; quería una chica buena de hija, pero no necesariamente un cerebrito. Lo siento por ella, porque ahora leo todo el tiempo, y casi soy una escritora profesional con estas prácticas de verano.

Pero volviendo a Nancy Drew, mi primer y más duradero amor literario. Me encantaba leer sobre una adolescente —¡*podía ser yo!* (aunque tenía unos diez años en esa época)— y cómo con su ingenio y sus amigos podía descifrar cualquier misterio. Quería ser como ella.

¿Y ahora, diario? Quizás finalmente tenga mi oportunidad.

La cuestión es: nunca sucedía nada misterioso en Riverdale. (Si los dulces de Halloween «desaparecían» antes de que los niños llegaran, el culpable en general era Jughead). Pero teniendo en cuenta lo que acaba de suceder en el trabajo, me preguntaba si quizás, solo quizás, hubiese alguien allí afuera dispuesto a perjudicarme.

¿Paranoica? Sí. ¿Loca? Quizás. Pero estos son los hechos:

Allí estaba yo, sonrojada de la emoción por haber enviado mi primer artículo. Una cita esta noche con un chico guapo. Un conocimiento enciclopédico sobre papel pintado temporal, que probablemente nunca me resultara útil otra vez, pero ¿A QUIÉN LE IMPORTABA? Estaba cansada, pero a la vez llena de energía, eufórica, y el cuero cabelludo me dolía de ajustar tantas veces mi coleta para quitarme el pelo de la cara, y nunca me había sentido mejor.

También me di cuenta de que estaba hambrienta.

Dejé mi teléfono en el escritorio y me dirigí a la cocina de *Hello Giggles*. Como el resto de la oficina, estaba decorada en tonos pastel tenues y alegres, y había unas estanterías blancas alineadas en la pared. Siguiendo los pasos de las nuevas empresas tecnológicas de moda, el espacio estaba repleto de irresistible comida «saludable»: agua de coco, fruta fresca, dispensadores de nueces y muesli *gourmet*, una máquina de expreso que requería un título de ingeniería para hacer que funcionara, pero que servía un *latte* de soja desnatado que era mejor que cualquier cosa por la que pagarías en The Coffee Bean & Tea Leaf.

Agarré un *snack* de algas crujientes (podía imaginarme a Archie riendo, horrorizado de que estuviera dispuesta a comer cosas como algas y sushi ahora que era una chica de L. A.) y una manzana, y regresé con energía a mi escritorio.

Cuando llegué allí, Rebecca me estaba esperando.

No me gustó su expresión.

—Hola —saludé, e intenté que mi sonrisa no flaqueara. Parecía molesta por algo, pero ¿qué podría tener que ver conmigo?

—Betty —comenzó, destrozando cualquier esperanza a la que me estuviera aferrando de que el asunto no me involucrara.

—¿Qué sucede? —Me sentía tonta, quieta allí con mis *snacks*, pero ella estaba en mi escritorio, bloqueándolo para que no pudiera sentarme ni apoyar nada, así que no tuve más opción que quedarme allí, sosteniendo con incomodidad una manzana en una mano y un paquete de algas crujientes en la otra.

Apoyó una mano en su cadera.

—Sabes que en *Hello Giggles* nos esforzamos por fomentar un lugar de respeto.

—Por supuesto. —Me devané los sesos: ¿le había faltado el respeto a alguien de forma accidental? Creía que eso solo sucedía en los antiguos vídeos de rap, pero quizás no me había dado cuenta.

—Bueno. —Apretó los labios; sabía por las noticias de belleza de la semana anterior que ella llevaba puesto el brillo labial «Flotando en el aire» de la nueva colección de ColourPop (sic) inspirada en las mariposas.

Si eso no probaba que yo era la Empleada del Maldito Mes, ¿qué lo haría?

Dudó, como si estuviera analizando lo lejos que llevaría lo que estaba por decir o hacer. Después respiró hondo y se inclinó debajo de mi escritorio.

—¿Qué está…? —Mi voz se desvaneció, confundida y enfadada, pero no queriendo sonar tan confundida y enfadada como en realidad me estaba sintiendo. ¿Por qué estaba tocando mis cosas?

Levantó mi mochila, un modelo —lo has adivinado— de flores y de tela de nailon acolchada en color rosa que me había parecido muy brillante y alegre cuando la había visto en la tienda, pero que ahora parecía estridente, inmadura y desesperadamente inadecuada. Quise encogerme al verla colgando de las manos perfectamente cuidadas con uñas pintadas de un amarillo ácido.

Luego apoyó la mochila en mi escritorio y comenzó a hurgar dentro.

—Bueno, ¿qué? —Ahora di un paso adelante, la indignación superaba cualquier sentido de subordinación. Pero ella sostuvo una mano en alto, no deteniéndome físicamente (es probable que eso fuera ilegal y además contrario al estilo de *Hello Giggles*), pero enviando un mensaje claro y fuerte.

Y de la mochila sacó: una paleta para ojos Tarte en tonos «En flor» neutrales. Un kit de maquillaje bronceador y de contorno. Un juego de pestañas postizas espolvoreadas con brillo dorado. Y después —lo más condenatorio de todo— un vestido traslúcido, ligero y estampado en leopardo que reconocí de inmediato como parte de la colección veraniega de Michael Kors.

(Como te decía: Empleada del Maldito Mes).

—Betty. —Mi nombre pronunciado por la boca de Rebecca sonaba como la peor clase de insulto.

—No sé qué es eso —comencé a decir—. Es decir, sé lo que es, obviamente, pero no sé qué hace en mi mochila.

—Betty. Basta. —Esa mano otra vez, elevada de manera firme hacia mi cara, como si ni siquiera pudiera tolerar mirarme a los ojos—. Escucha, todos sabemos que el armario de belleza nos pertenece a todos. De hecho, incentivamos a los empleados a que entren allí, se diviertan, se prueben cosas. ¿De qué otra manera obtendríamos ideas para historias y artículos nuevos?

—Lo sé. —Aunque ahora mismo podría asegurar con certeza que las pestañas postizas doradas definitivamente nunca serían lo mío. (Aunque quedaban MUY bien en las fotografías. La verdad es que consiguen destacar los ojos).

—De hecho, estoy bastante segura de que te hemos incentivado a que experimentes más con las muestras de productos que recibimos.

Eso era verdad. Otro golpe en mi contra. Yo era una chica de maquillaje simple, aun en mi alter ego de Betty de L. A.: máscara negra para pestañas, un poco de brillo labial y colorete rosado. Pero de alguna forma, no creía que este fuera un sermón sobre mi predecible rutina de maquillaje.

—Pero no pensé que te rebajarías a *esto*. —Su voz se tiñó con desprecio.

—No lo he hecho. Rebajarme. Pero, supongo… —Estaba balbuceando, buscando las palabras correctas para deshacer lo que fuera que estuviera sucediendo—. Sinceramente, ni siquiera estoy segura de qué es *esto*. Fui a comprar el sushi, he estado intentando comunicarme con Veronica Lodge, he enviado el artículo sobre el papel pintado… y eso es todo. Literalmente eso es todo lo que he hecho hoy.

—¿Crees que mentir mejora las cosas? —preguntó con amargura—. Mira, siento que hayas sido descubierta y que estés avergonzada, pero no hay otra explicación: en algún momento entraste en el armario. Y eso no sería un problema, excepto que, por alguna razón, decidiste ir por el estante superior.

El estante superior: donde apartábamos cualquier cosa que estuviera reservada para un artículo en particular o para una sesión de fotos próxima. Ese era uno de los mandamientos de este lugar: no robarás del estante superior del armario.

Como todos sabemos, no soy alguien que rompa las reglas por naturaleza. Por supuesto no robé esas cosas.

El enfado me invadió, ardiente y burbujeante. Apreté los puños con tanta fuerza que sentí cómo se formaban marcas con forma de medialuna donde mis uñas se habían enterrado en la piel.

—Mire, Rebecca —dije, e intenté evitar que mi voz temblara—. No sé cómo han terminado esas cosas en mi mochila, pero le prometo que yo no las robé.

Parecía dubitativa. No podía culparla por completo: ahí estaba la evidencia, justo delante de nosotras, después de todo. Ver para creer. Pero después esa furia ardiente y enérgica volvió a brotar: había trabajado muy duro para ganarme este lugar. Cada. Maldito. Día. ¿Acaso no merecía el beneficio de la duda?

—La pregunta es: ¿por qué, Betty? —Rebecca volvió a arrojar mi mochila debajo del escritorio y recolectó todas las cosas «robadas».

—No hay «por qué» —respondí, dejando que el enfado se colara en mi voz—. Se lo estoy diciendo, no he sido yo. Sé muy bien que no se deben sustraer cosas del estante superior. Y yo no robo. Ni miento. —Miré a Rebecca y la desafié a romper el contacto visual—. Usted sabe que estas prácticas es todo lo que siempre he querido como escritora. Sabe que he hecho todo lo que usted me pidió desde que llegué aquí. ¿Por qué sabotearía eso? En especial justo cuando me está dando una gran oportunidad, una posibilidad de escribir algunos artículos. Es simple: no lo haría.

Desvió la mirada, lo que, tengo que admitir, fue un poco satisfactorio. Después volvió a mirarme, tranquila y compuesta incluso, aunque todavía no hubiéramos llegado al fondo de lo ocurrido.

—De alguna forma esas cosas han terminado dentro de tu mochila.

—Por supuesto.

—No hay otra persona aquí hoy.

Pero eso no era verdad. La oficina estaba vacía, pero no por completo.

—Hay otra persona. —Cleo aún estaba en la recepción. Estaba fingiendo limarse las uñas distraídamente, pero me di cuenta, por la forma en la que sus hombros estaban echados hacia atrás, de que estaba escuchando esta conversación con gran interés.

Nada como observar desde tu escondite seguro y acogedor cómo una hiena es destrozada por un león.

—Espero que no estés acusando a Cleo de haberte tendido una trampa.

Me encogí de hombros.

—Alguien lo ha hecho. No sé si ha sido ella. Lo único que sé es que ella está aquí. Y para ser sincera, no veo por qué el hecho de que resalte ese punto sea peor que lo que me está haciendo a mí.

Hubo una pausa prolongada durante la cual me pregunté si mi tiempo en *Hello Giggles* acababa de terminar de forma muy poco ceremoniosa. Si ocurría así, no sabía cómo les daría la noticia a mis amigos y mi familia de Riverdale, quienes estaban todos alentándome.

Lo intenté una vez más, en esta ocasión con más suavidad:

—Rebecca. No estoy acusando a nadie. Pero parece que alguien me está tendiendo una trampa, como usted dice. No sé quién haría eso, ni por qué. Sé que usted no me conoce tanto, no he estado por aquí durante mucho tiempo, pero *no* robé esas cosas. No lo haría. Solo deme una oportunidad de demostrarlo. Y la posibilidad de descubrir qué está sucediendo.

Rebecca se quedó mirando el estuche de las pestañas postizas como si contuviera los secretos del universo. Hubo otra pausa interminable, que quedó interrumpida por los sonidos de lo que debía ser el teléfono de Cleo. Ufff, ¿le estaba enviando mensajes a alguien sobre esto? No tenía idea de por qué ella me perjudicaría, pero la idea de que lo estuviera disfrutando hacía que todo fuera peor.

Rebecca suspiró.

—Leí tu artículo, Betty. Es bueno. Obviamente eres una escritora nata.

No estaba diciendo que me perdonaba o que todo el asunto hubiera terminado, pero era un cumplido. Al menos estábamos yendo en la dirección correcta.

—Gracias.

—Y en *Hello Giggles* creemos en las segundas oportunidades.

(Era verdad. A Rebecca en particular *le encantaban* las buenas historias de recuperación de las celebridades. La rehabilitación con una pátina de arrepentimiento era lo suyo. No sabía lo que eso decía de su propia historia personal).

—Bueno, ¿qué te parece esto? Todo regresa al armario. Al estante superior. Nada se vuelve a tocar.

Apreté los puños, queriendo enfatizar de nuevo que, por supuesto, yo no había sido la que lo había tocado. Pero me obligué a respirar.

—De inmediato.

—Suponiendo que nada vuelve a desaparecer... —Otra vez apreté los puños, otra vez respiré hondo—... solo consideraremos esto como un error inocente.

Pero no fue MI error, quise gritar. Sabía, sin embargo, que esa sería la táctica equivocada.

—Solo termina y envía el artículo sobre Lodge —ordenó Rebecca—. Creo que todos estamos listos para que comience el Cuatro.

—Considérelo hecho —respondí.

Y lo haría. Escribiría ese artículo sobre Veronica Lodge, esta sofisticada y misteriosa heredera. Y a Rebecca le encantaría.

Pero eso no era todo. Antes de que me marchara para celebrar el Cuatro, me encargaría de otra cosa: investigaría todo este asunto como Nancy Drew, Diario. Descubriría quién estaba actuando en mi contra.

¿Y luego? Lo detendría. *Con fuerza.*

DE LA OFICINA DE CLIFFORD C. BLOSSOM

Un aviso a nuestros accionistas:

En Granjas de Arce Blossom conocemos las preocupaciones recientes con respecto a nuestros esfuerzos por distanciar nuestro negocio de los prolongados lazos con las Industrias Lodge, uno de nuestros más antiguos y controvertidos socios. Queremos asegurarles que nuestro equipo ha llevado a cabo una investigación exhaustiva sobre cómo atravesar este proceso de la mejor manera, con nuestra sutileza y fortaleza características. Como bien saben, hemos estado trabajando de forma ardua y constante para analizar las ramificaciones legales de esta decisión, y no nos tomamos estos pasos a la ligera.

En Blossom confiamos plenamente en que, una vez que esta disolución se efectúe, nuestro negocio experimentará un crecimiento sin precedentes.

No duden en acercarse a nuestras oficinas si tienen más preguntas o inquietudes.

Atentamente,

C Bl——

Jarabe de Arce Blossom: «¡Vierta un poco de jarabe sobre eso, señora!».

10

JUGHEAD

Después de Pop's, el Twilight era mi lugar favorito en Riverdale, incluso aunque no fuera el telón de fondo de algunos de los momentos Norman Rockwell que tengo en mi estrafalaria vida. A pesar de que los Jones siempre hemos sido sureños —es decir, que nunca nos ha sobrado el dinero— hubo un tiempo en el que pasaba casi todas las noches de los sábados aquí, y no me pagaban por hacer funcionar el proyector.

Era difícil recordarlo en estos días, pero *hubo* un tiempo en el que incluso un pandillero estropeado, semialcóholico y semireformado como mi padre lograba juntar el dinero suficiente para hacer que toda la familia subiera al coche y fuera a las noches semanales de películas del autocine.

(Bueno, sí, Jellybean se escondía en el suelo para ahorrarnos algunos billetes. Pero aun así era un lujo para nosotros).

Llevábamos nuestros propios bocadillos desde casa —patatas fritas de segunda marca, latas de gaseosa que estaban en descuento porque habían expirado— y una vez que la película había empezado, Jellybean salía de su escondite. (A decir verdad, estoy bastante seguro de que los que cobraban el boleto siempre supieron que ella estaba allí y elegían mirar a otro lado. Muy de vez en cuando, incluso un sureño puede tomarse un respiro, supongo). Ella y yo nos estirábamos en el asiento trasero, nos recostábamos contra unas almohadas que apoyábamos sobre las puertas, y mis padres se agarraban de las manos en el asiento delantero. Dentro de la burbuja de ese automóvil no había peleas. Era un extraño y mágico universo alternativo donde, de alguna manera, se nos otorgaba un espacio de dos horas para ser las mejores versiones de nosotros mismos.

Lo sé, lo sé, me estoy volviendo inusualmente sentimental. Pero las noches de películas eran esas raras ocasiones en las que todos estábamos juntos y felices.

Incluso antes de que mi madre se fuera con Jellybean, hacía tiempo que mi padre no organizaba una de esas salidas.

Así que cuando Sal, el antiguo vendedor de entradas y gerente del Twilight, se me acercó hace dos años y me preguntó si quería hacerme cargo del día a día (bueno, más bien del noche a noche, pero ya me entiendes), no hubo razón para negarme. No estaría estropeando un recuerdo familiar feliz al convertir un lugar de recreación en un lugar de empleo porque para ese entonces esos recuerdos felices ya habían comenzado a desvanecerse.

(Aquí tienes el cinismo habitual de Jughead Jones).

Ahora bien, sí, vale, era trabajo. Pero era un alivio tener un poco de dinero para reducir, ocasionalmente, mi deuda en Pop's. Y aun con mi familia totalmente desmembrada, y habiendo destruido cualquier conexión que el autocine hubiera tenido con los recuerdos felices de mi infancia, este lugar todavía era un paraíso. *Más* aún porque ahora era mi escape.

Conocía tan bien el interior de la cabina de proyección como las paredes endebles de nuestra caravana. Había memorizado todas las iniciales talladas y las había remarcado con rotuladores Sharpie, imaginándome las historias de la vida de aquellos que no reconocía o conocía personalmente. El aroma del campo —a cigarrillo y palomitas de maíz rancias con un dejo de tierra profunda justo debajo— me provocaba casi un reflejo de Pavlov; lo respiraba y me relajaba, y me acercaba tanto como era posible a mi lugar feliz.

Mi momento favorito del trabajo era después de la película —que casi siempre podía escoger y era uno de los mayores beneficios del empleo—, el momento en el que todos los coches habían salido y los vendedores de los puestos de comida se habían retirado. Entonces quedaba solo yo y las imágenes remanentes de la pantalla, los negativos fotográficos que reaparecían en mi mente, esa sensación de plenitud suspendida en el aire.

La preparación también me gustaba, me encantaba el sonido del metal contra el metal que hacían los contenedores de lata de las películas cuando los abrías, y el sonido de la película al correr en el proyector. E incluso me entusiasmaba la gente alegre y esperanzada que venía a disfrutar de una noche de diversión, a alejarse de cualquier drama cinematográfico que estuviera sucediendo en las películas de sus vidas reales para sumirse en la historia de alguien más.

Yo también estaba bastante absorto. La película estaba lista para empezar —una versión especial del director que tenía un final alternativo y que dejaría a todos perplejos— y yo estaba quitando cosas de mi asiento en la cabina de proyección y buscando distraídamente las iniciales de mi padre y mi madre en las paredes, como siempre hacía aun sabiendo que ellos no estaban allí y que no aparecerían de la nada. Sabiendo que mi padre no era del tipo sentimental, en realidad.

Salí para limpiar un poco de basura del campo, que en realidad era la tarea de Ben, el chico que trabaja para la concesión, pero él no vendría hasta más tarde, y poner todo en orden era relajante, de alguna manera. Cuando la puerta se cerró detrás de mí, vi dos siluetas agazapadas junto a la pantalla. Se sobresaltaron con el ruido y levantaron la vista hacia mí, y me di cuenta de que conocía a uno de ellos.

—¿Sal? —El dueño estaba aquí. Eso casi nunca sucedía. ¿Y a quién le estaba hablando? A alguien que llevaba una chaqueta de Serpiente, tenía el pelo grasiento y unos vaqueros rotos que lo hacían parecer como un extra de Central Casting para una actuación teatral de verano de *Amor sin barreras*.

—Hola, Jughead —dijo Sal. Me saludó con la mano desde el otro lado del aparcamiento—. Solo he venido para una reunión. —Como si esto fuera un bufete de abogados o un banco y no un autocine. Como si ese grasiento de *Los forasteros* estuviera llevando un maletín y no (más probablemente) una navaja en su bolsillo.

—Solo haznos saber si escuchas algo de Lodge. —Estaba diciendo la Serpiente con un susurro teatral forzado que sugería que él sabía que yo en realidad no debía escuchar la conversación, pero que tampoco le importaba que lo hiciera.

—Puedo… puedo mantenerte informado. —Sal pareció incómodo, y yo no estaba acostumbrado a verlo así. El Twilight era básicamente su segundo hogar, su lugar feliz, para él incluso más que para mí.

Se estrecharon las manos (con tensión) y Sal se acercó a mí.

—Veo que te estás encargando de todas las cosas aquí, Jughead. —Estaba tenso también, hablando de manera mecánica y embarazosa—. No esperaba menos de ti.

—Por supuesto. Es decir, es mi trabajo. —¿Qué otra cosa tenía que hacer hoy, de cualquier forma? ¿Entrevistar a Dilton Doiley para conseguir más detalles de sus teorías sobre el fin del mundo? Eso era muy *El número 23* para mi gusto, gracias.

(Aunque me había hecho una nota mental para asegurarme de presionar a Pop para que me diera más detalles sobre la sórdida clientela de Chock' Lit Shoppe).

—Cerraré la caja por Ben, la dejaré lista esta noche —anunció. Enganchó los pulgares en los bolsillos delanteros del vaquero. Olía a loción para después de afeitar y a sudor. Como si estuviera nervioso. Cualquiera que fuera la razón por la que Las Serpientes estuvieran aquí, él no se sentía feliz por ello.

—Suena bien —respondí. Me obligué a forzar un poco de vitalidad en mi voz, al estilo Riverdale, e intenté fingir que era perfectamente normal que él estuviera aquí, que esta no era la primera vez que estábamos trabajando codo con codo para dejar las cosas listas desde la semana posterior a que me hubiera contratado. Parecía agradecido por mi esfuerzo.

Sujeté la bolsa de basura que había estado llenando y saqué un par de guantes nuevos de mi bolsillo, deseando regresar a la limpieza. Pero antes de que pudiera hacerlo, la Serpiente se había acercado. Él también olía a sudor, pero amenazante de alguna forma. Sudor, cuero y algo más que no podía descifrar, y no quería hacerlo.

—Jughead Jones —dijo con tono burlón—. Mírate, tan inocente. Haciendo un trabajo honesto, recolectando *basura*. —Escupió la palabra como si fuera un insulto personal.

—Siento ofenderte. —Me encogí de hombros—. A mí no me asustan Las Serpientes, a diferencia de mucha gente en Riverdale.

Sí, son una pandilla, y sí, son absolutamente ladrones de poca monta y algunas veces traficantes de drogas. Pero la mayoría de las veces, hacen lo suyo y dejan tranquilos a los buenos ciudadanos de Riverdale.

Un poco de historia: el origen de Las Serpientes se remonta a la década de 1940, durante la fundación de Riverdale. La serpiente en sí misma y todas las leyes de la pandilla se basan en la tradición Uktena.

La Uktena es una serpiente, o una serpiente de agua. También es el nombre de la tribu indígena que habitaba esta tierra antes de que los fundadores la conquistaran y la aniquilaran. Dato curioso: el asalto fue liderado por el General Pickens, cuya estatua se erige orgullosamente en el Parque Pickens de Riverdale al día de hoy. (En ese contexto, es bastante desafortunado que Las Serpientes sean consideradas como el enemigo en este maldito escenario de Destino Manifiesto).

Después de la conquista, los Uktena que sobrevivieron formaron Las Serpientes como una manera de preservar la unidad entre los pocos que habían quedado.

Otro dato curioso: hubo una época en que mi padre fue el líder de Las Serpientes.

Un dato algo más oscuro: esa fue la causa directa de la pérdida de su categoría en Construcciones Andrews. (Había sido una sociedad, pero ahora mi padre solo trabajaba allí, así que Archie y yo intentamos no hablar sobre eso). La causa de que mi padre bebiera aún más. La causa de que mi madre nos abandonara.

Justo después de su partida, él se me acercó y me dijo que ahora era Serpiente solo de nombre, que estaba apartándose de ellos con la esperanza de limpiar su imagen y volver a unir nuestra familia.

No estaba resultando precisamente bien.

Eso también explicaba por qué este hombre era tan desagradable. Pero eso no significaba que lo soportaría sin reaccionar un poco.

—¿Sabe tu padre que así te ganas la vida? ¿Le importa que seas básicamente un conserje?

Sí, hablamos sobre ello todas las noches, justo antes de que me lea un cuento para dormir y me arrope. Bueno, mi padre sabía que yo trabajaba en el Twilight, pero en estos días no estábamos manteniendo tantas conversaciones cálidas y cordiales. Para que eso sucediera, él tendría que estar en casa en primer lugar.

—Es una lástima, sabes, que estés aquí, limpiando los escupitajos de Riverdale. Sabes que tu padre podría conseguirte un empleo con una buena paga —dijo con malicia—. ¿Quieres que le entregue un mensaje?

Dejé caer la bolsa de basura y di un paso hacia adelante.

—¿De qué demonios estás hablando? —pregunté. Ya había tenido suficiente—. Mira, no sé qué decirte. Siento que mi padre se haya apartado y que vosotros no lo podáis superar o algo así. Pero no estoy interesado.

Se echó hacia atrás y se rio, fuerte y con ganas, como si mis palabras fueran el mejor chiste que alguna vez hubiera escuchado.

—¿*Eso* te ha dicho, Junior? —resopló—. Eres muy crédulo. Lamento ser quien rompa tu burbuja.

—¿Qué? —El estómago me dio un vuelco, pero intenté mantener mi expresión neutra. No le daría el gusto a este hombre. No, aunque lo que estaba diciendo, la confirmación de mis peores y crecientes temores, me estuviera provocando escalofríos en la espalda.

—¿Piensas que tu padre se alejó? ¿Que está en el camino correcto ahora? ¿Por qué? ¿Porque él lo dijo? Tu madre se fue, ¿verdad? ¿Qué le queda, excepto por Las Serpientes? *Por supuesto* que volvería con nosotros.

Me tiene a MÍ. Su hijo. ¿O es que no se percataba de eso?

¿O que lo hacía, pero no era suficiente?

—Piénsalo, Jones. ¿Dónde crees que ha estado pasando sus días? ¿Sus noches? No está durmiendo en casa, ¿verdad?

Desvié la mirada en silencio.

—Está en el Whyte Wyrm, idiota. —Sonrió con suficiencia—. En realidad, *sí* está durmiendo en casa. Simplemente te equivocas sobre lo que «casa» significa para tu padre.

Casa. La palabra me hizo tambalear, la incredulidad y la triste-za me invadieron.

Me empujó con la fuerza suficiente para hacerme trastabillar. Luché por pensar algo para decir, cualquier cosa, pero cuando lo-gré recomponerme, él ya se había ido.

∿∿∿

El Whyte Wyrm era un bar en el lado sur. Por supuesto que lo ha-bía visto. También había estado adentro, no era algo que nos enor-gulleciera a los Jones, pero, sí, sabía lo suficiente de la historia de mi padre con Las Serpientes. Sabía que esas veces, cuando era pe-queño y estaba en el asiento trasero de nuestro viejo automóvil en el aparcamiento del Whyte Wyrm, sin otra cosa que hacer más que inventar historias en mi cabeza, era porque él se encontraba allí dentro haciendo algo que, incluso de pequeño, yo sabía que no debería estar haciendo. Algo de lo que él estaba un poco avergon-zado, pero que hacía de todas maneras.

(Recordando eso, me di cuenta de que quizás tenga que dar las gracias a Las Serpientes por mi hábito de escritura, de contar his-torias. Ajá. Tengo que recordar enviarles una nota de agradeci-miento. Cuando se congele el Infierno).

Cuando crecí un poco —en los primeros años de la prima-ria— mi padre decidió que yo tenía la edad suficiente para sa-ber un poco más de la verdad. En ese momento me contó lo que representaba su chaqueta. Para entonces, yo ya tenía algo más que una idea. Si Archie Andrews era demasiado ingenuo, dema-siado inocente o demasiado amable para hacer circular rumores o hacerme saber lo que se decía por allí, entonces los Reggie Mantles de este mundo se encargaron de hacerlo por él. Mi padre era un líder Serpiente, y fui, increíblemente, el último en saberlo.

¿Estaba siendo el último otra vez? ¿De verdad que mi padre había vuelto con ellos? Me había hecho una promesa.

Aunque, por otro lado, no era la primera promesa que rompía.

«¿Dónde crees que ha estado pasando sus días? ¿Sus noches?».

¿No estaba trabajando en las construcciones, entonces? Es decir, Archie y yo ya éramos lo suficientemente mayores para estar al tanto de la conflictiva historia entre nuestros padres. Pero incluso aunque mi padre y el señor Andrews ya no fueran socios, él todavía tenía un trabajo... ¿verdad?

Quería que fuera cierto. Quería creerlo con demasiada desesperación. Pero todo lo *que ya sabía con respecto a mi padre* estaba desplegado delante de mi cara como las pruebas A, B y C, demonios, todo el maldito alfabeto.

Di una patada a la bolsa de basura que estaba a mis pies, y mi enfado se elevó tanto como la basura que acababa de recolectar. Estúpido. Además, ¿quién tendría que volver a limpiar todo? Yo.

Pero no ahora mismo. Ahora, tenía algo más que hacer. Necesitaba visitar Construcciones Andrews de inmediato.

¿ESTÁS LISTO PARA MONTAR CON
NOSOTROS O MORIR?

SOUTHSIDE SERPENTS

LEYES DE LA SERPIENTE

1. UNA SERPIENTE NUNCA MUESTRA COBARDÍA.

2. NINGUNA SERPIENTE ESTÁ SOLA.

3. SI ASESINAN O ENCARCELAN A UNA SERPIERNTE, SU FAMILIA ESTARÁ PROTEGIDA.

~~4. UNA SERPIENTE NUNCA CAMBIA DE PIEL.~~ [ELIMINADA]

5. NINGUNA SERPIENTE ES DADA POR MUERTA.

6. UNA SERPIENTE NUNCA TRAICIONA A LOS SUYOS.

7. LA UNIÓN HACE LA FUERZA.

LAS SERPIENTES SUREÑAS SON MÁS QUE UN CLUB. SOMOS UNA FAMILIA. Y PROTEGEMOS A LOS NUESTROS. ¿CREES QUE TIENES LO QUE SE NECESITA PARA UNIRTE A NOSOSTROS? TENDRÁS QUE CUIDAR A LA BESTIA, SUJETAR EL CUCHILLO, SOPORTAR EL MORDISCO DE UNA SERPIENTE Y SOBREVIVIR AL GUANTELETE.

SI PIENSAS QUE TIENES LAS AGALLAS SUFICIENTES, VEN A WHYTE WYRM Y PREGUNTA POR TALL BOY.

Cam:

¿Dónde estás, Nick?

Nick:

Saliendo de la casa de Ronnie. Voy a quedar con Tommy a las 10 para un brunch.

Cam:

Ay Dios ¿¿¿y??? Cuéntame.

Nick:

Pareció sorprendida, pero estoy bastante seguro de que se lo creyó.

Cam:

Ronnie. Veronica Lodge. Ha quedado a TUS pies. ¿Qué has hecho… le has prometido amor eterno?

Nick:

Algo así. Y SÍ. Porque como dicen, mis encantos son irresistibles.

Cam:

Utiliza esa frase con alguien que NO sea totalmente capaz de resistir tus encantos.

Nick:

Nunca digas nunca, cariño.

Cam:

Puajjj. Qué te parece si nunca más me dices cariño.

Nick:

De acuerdo. ¿Y TÚ a dónde vas?

Cam:

Me reuniré con Annie en Lalo. Queríamos ir a un lugar en donde no nos encontráramos con nadie.

Nick:

Creo que te refieres a cualquier LODGE.

Cam:

¿Piensas que estamos siendo DEMASIADO malvados? ¿Metiéndonos en la cabeza de V cuando SABEMOS lo que va a suceder? Su familia será destruida y arrojada a los lobos y aquí estamos nosotros, no solo escogiendo asiento para el espectáculo en vivo, sino también jugando con ella.

Nick:

DEMASIADO malvados. ¿Con Veronica?

Cam:

Bueno…

Nick:

¿Crees que ella dudaría un segundo en restregarnos esto por la cara si estuviera sucediéndonos a cualquiera de nosotros? A la mierda con la culpa. Estoy listo para el espectáculo. Quizás incluso lleve palomitas de maíz esta noche.

Cam:

Cam:

Voy de camino. Pídeme un latte con leche de almendras.

Annie:

Sabes que este lugar solo tiene de soja.

Cam:

Bueno, no importa. Soja. Fingiremos que estamos en el 2014 de nuevo. Qué bien. Estaba hablando con Nicky. Dice que Veronica no tiene ni idea.

Annie:

¿CÓMO? ¿Cómo puede no tener ni idea? Digo, no de lo que estamos planeando. Pero los rumores sobre su padre están en TODAS PARTES.

Cam:

Negación, querida. Negación. Estoy segura de que María Antonieta nunca se imaginó que sería capturada por los insurgentes.

Annie:

Vive la révolution.

11

VERONICA

Todavía estaba sorprendida por la visita inesperada de Nick St. Clair cuando volví al comedor donde estaba mi madre; sus uñas perfectamente pintadas se deslizaban enérgicamente sobre la pantalla de un iPad. Cuando entré me miró.

—Cariño, pareces ruborizada. Quiero decir, más de lo que estabas cuando regresaste del gimnasio. —Me lanzó una mirada que tenía una parte de curiosidad y dos de picardía—. ¿Qué quería ese chico?

Sacudí la mano.

—Ah, ¿qué es lo que todos los chicos quieren, en realidad? —Porque la verdad es que, aunque disfruto de la compañía masculina (y especialmente disfruto de cómo los chicos más deseados me buscan a *moi*, por supuesto) aún tengo que encontrar el que verdaderamente me haga morir de amor. Y me siento cómoda con eso, por ahora. Es perfecto que sean mis posibles pretendientes los que mayormente estén muriendo de amor.

—No lo sé, Ronnie —dijo mi madre, sonriendo—. Tus palabras dicen una cosa, pero tus mejillas ruborizadas dicen otra distinta.

—Veremos. —Puse los ojos en blanco—. Vendrá esta noche. Razón por la cual, y si me permites cambiar de tema, ahora estoy totalmente disponible para ayudar con los preparativos.

—Date un baño primero, cariño. Quizás con agua fría.

—Cállate.

—Está bien, está bien. Me callo. Pero date un baño, con la temperatura de agua de tu elección, y luego, ¿puedes pedir algunos capuchinos y bocadillos de Lalo? Ya sabes cuáles me gustan. Me apetecen mucho. Todos los preparativos de esta fiesta requieren refuerzos.

—Absolutamente —asentí, y mi estómago rugió al pensar en los tartaes Saint Honore brillando a través del cristal de la vitrina de postres—. O puedo salir y comprarlos yo misma, si es que puedes esperar un poco. La verdad es que es un día maravilloso y el calor no es demasiado abrasador aún. No me importaría tomar un poco de aire fresco. —Lalo se encontraba a unas diez calles hacia el norte, más lejos de lo que me aventuraría solo por una dosis de café, pero ahora que mi madre lo había mencionado, yo también tenía antojos. Y quería caminar para aliviar esos calambres ocasionados por el *spinning*.

—No me molesta en absoluto esperar. ¡Disfruta! Cuando salgas, ¿puedes recordarle a Andre que el sastre le entregará los vestidos para esta noche en una hora?

—Por supuesto.

En general nos vestíamos de blanco para el Cuatro, por supuesto, y con trajes muy ajustados al cuerpo. El mío era un Chloé de encaje crochet. Mi madre llevaría un impecable Armani de seda tableada.

El Cuatro de Julio se trataba de vestidos blancos… y labios rojos. Prendas ligeras y aireadas, un sueño de una noche de verano.

Pero no sin un toque de fuego puro y caliente.

Esa era la marca característica de los Lodge, después de todo.

Cuando vives como nosotros, en un *penthouse* en el edificio Dakota, una de las ventajas es un ascensor exclusivo que llega hasta el nivel del vestíbulo. Los invitados anunciados suben directamente a nuestro apartamento para ser recibidos por Smithers. (¿Otra ventaja? No tener que responder a la puerta principal).

Como sabe cualquiera que conozca algo del negocio inmobiliario de Nueva York, el edificio en sí mismo —un ícono arquitectónico— está estructurado alrededor de un ornamentado patio compartido, que solo resulta accesible a través de los portones principales. Un edificio tan emblemático —en el que habitan residentes de igual importancia— requiere un complejo equipo de personal para su funcionamiento. Aunque existe, por supuesto, una jerarquía entre sus miembros y cada cuadrante del edificio tiene su propio portero para supervisarlo. Es extremadamente íntimo y exclusivo. Lo cual es, por cierto, lo verdaderamente importante.

Esta descripción es una forma complicada de destacar que, si bien tenía el viaje en ascensor hacia abajo reservado exclusivamente para mí, el vestíbulo era algo diferente: bullía con la actividad discreta de la clase privilegiada. Aun dividido en cuatro secciones íntimas, todavía se congestionaba durante la hora punta. Allí estaba la señora Leder, vestida con elegante ropa deportiva combinada y de color neón, firmando una entrega de Bloomingdale. También estaba Hank Golby, el gerente prodigio de los fondos de inversión, que salía para pasar sus dos horas obligatorias en una oficina real, y llevaba sus mocasines Gucci brillantes, aunque sin duda deseaba la comodidad de su calzado deportivo de cuero Rick Owens. A un lado estaba Tabitha Martindale, una anciana de pelo azul al estilo

Norma Desmond: una destacada dama de la industria del cine que ahora mayormente se quedaba en casa contando sus «muñecas» (pastillas, para los que no están familiarizados con las referencias a Jackie Susann) y que estaba acompañada por su pequeña perrita, que siempre estaba presente, Mama Rose. Hoy Mama Rose llevaba puesta una falda de tul junto con un collar con incrustaciones de diamantes falsos; quizás volvían de la peluquería.

Por lo tanto, no había interacción ninguna con mis vecinos hasta que llegaba al vestíbulo, y no fue hasta que me encontré con ellos cuando comencé a preguntarme si quizás... ¿estaba sucediendo algo? Superficialmente, todo parecía como cualquier otra mañana. Pero en un nivel seminconsciente...

Llamadlo paranoia, pero mi padre dice que un Lodge puede oler lo implícito. Sabemos cuándo se está gestando un problema: esa es la razón por la que siempre hemos conseguido elevarnos por encima de cualquiera. De todas formas, saludé a Tabitha, como siempre hago (admiro su firme compromiso de mantener a Mama Rose a la moda).

Y... ¿ha sido mi imaginación, o ella... ha desviado la mirada?

Sacudí la cabeza. Por supuesto, estaba imaginando cosas. Proyectándolas sin razón alguna. Muy poco característico de mí.

Espera un minuto... ¿Nick St. Clair me había quitado la agudeza?

Lo evalué. No era posible. Ni en un millón de años. Tenía bajo el nivel de azúcar en sangre después de haber hecho ejercicio y necesitaba más cafeína.

Excepto que, mientras me abría paso hacia el escritorio del portero, vi que el ama de casa adicta a las compras arrugó un poco la nariz mientras se apartaba para dejarme pasar.

Bueno, *eso* no había sido mi imaginación. Veronica Lodge reconoce una mirada de soslayo.

Veronica Lodge básicamente la inventó.

Le di un toquecito en el hombro, un poco avergonzada de mí misma por estar siquiera intentando descifrar la situación. *Eres mejor que esto, Ronnie.*

Solo que… se apartó de mí y contrajo su omóplato como si no pudiera tolerar el contacto físico.

Es decir, debía estar al tanto de nuestra fiesta. *Todos* la conocían. La sección *Page Six* la cubría todos los años.

¿Es que esto no era nada más que rencor? ¿Estaba enfadada por no haber sido invitada? No podía culparla.

Decidí que no valía la pena seguir pensando en ello y me giré hacia Andre. Le dediqué mi sonrisa más brillante a pesar de mi incomodidad persistente y velada.

—Hola.

—Señorita Veronica —dijo. Su propia boca era menos una sonrisa y más una mueca tensa. Este era el mismo hombre que solía darme dulces de menta de una taza de cristal cuando era pequeña.

—Mi madre quiere que le diga que nuestros vestidos llegarán dentro de una hora.

—Por supuesto —respondió, y pareció vagamente afligido.

—¿Se encuentra bien? —pregunté de manera directa. Estaba esperando que hablara, que manifestara alguna preocupación externa, alguna razón, cualquier razón, aparte de una extraña venganza recientemente producida que explicara por qué las personas (él incluido) estaban de pronto tan distantes.

Se aclaró la garganta y pareció volver al presente con más confianza.

—Por supuesto, señorita Veronica. Gracias por preguntar. En realidad… —Se inclinó y comenzó a hurgar en los cajones de su escritorio. ¿Dulces de menta otra vez, después de tantos años? Pero fue algo más sorprendente que eso—. Hay algunos mensajes para usted.

Fruncí el ceño.

—¿Mensajes? ¿Aquí abajo? ¿Por qué alguien llamaría a la recepción del Dakota para intentar comunicarse conmigo?

—Era una tal... ¿Lettie Cooper? Una joven por el sonido de su voz. Dijo que llamaba de un blog. ¿*Giggle Girls*?

Eh, nunca había escuchado hablar de él. Obviamente, no era la primera vez que un aspirante portal de moda en línea de poca fama me perseguía para conseguir un comentario sobre los últimos bolsos de Chanel o sobre dónde comer ahora que Freemans estaba tan invadido de personas comunes. Gracias, pero no, no soy lo que buscan. No necesito publicidad.

No era sorprendente que quienquiera que me estuviera buscando no hubiera podido conseguir una línea directa para comunicarse conmigo.

—Gracias —dije—. ¿Ha informado de esto a Smithers? —Incluso aunque él estuviera evadiendo deliberadamente a un tabloide de segunda, debió haberme transmitido el mensaje. Era parte de su trabajo.

Asintió brevemente.

—Creo que el señor Smithers debe estar sumamente ocupado en este momento —comentó.

—¿Debido a la fiesta? —Supuse que tenía razón. Pero hacemos esta fiesta todos los años. Aunque es mucho trabajo, tenemos la logística. Las mujeres Lodge somos una maquinaria bien aceitada. Y Smithers es de la vieja escuela. Nada lo altera. Básicamente por eso es parte de la familia.

—Que tenga un buen día, señorita Veronica —saludó Andre.

Se pareció mucho a una despedida. Otra actitud que me resultó extraña, para un empleado de un edificio tan respetable como el Dakota.

Esto también estaba comenzando a ser algo que estaba analizando demasiado. Obviamente flotaba algo en el aire, y yo no tenía la cafeína suficiente.

Daba igual, entonces. Rumbo a Lalo. Lo sé, lo sé, para la mayoría de los estadounidenses, el Café Lalo es antes que nada el lugar turístico de esa antigua película de Meg Ryan —antes de que ella tomara todas esas lamentables decisiones de inyectarse cosas en la cara, cuando todavía era la niña mimada de Estados Unidos—. Yo debería estar por encima de ese lugar, debería recibir *solo* mi café en casa, y de lugares de buena reputación: Happy Bones en Little Italy o Brooklyn Diamond. (¿Qué? Tenemos chofer; ¿para qué están, sino para cumplir con un recado espontáneo de café en los barrios más alejados de vez en cuando?).

Pero mi madre era una aficionada a los postres de Lalo, y hemos sido esclavos de ese placer desde que tengo memoria. Incluso en las noches de verano, cuando la fila dobla la esquina, mi padre nos conduce directamente adentro.

En fin, no sigo tendencias, las impongo. Quizás Lalo no sea atrayente o innovador, pero es mi hogar, y es mío. O, al menos, pensé que lo era.

Puedes imaginar mi consternación cuando entré la mañana del tres de julio y encontré a Cam y a Annie juntas, inclinadas sobre un brioche bañado en miel, escribiendo en sus teléfonos y soltando risitas. Katie era mi mejor amiga, pero estas chicas eran el grupo extendido desde que, en sexto curso, se habían hecho nuestras amigas después de ofrecernos entradas para la grabación de SNL y una invitación para el debate posterior al programa. (El padre de Annie es productor). Si ya era extraño que estuvieran tomando café en Lalo, lo era incluso más porque no me habían invitado.

Tal vez asumieron que los preparativos para la fiesta me estaban manteniendo ocupada. ¿Qué otra cosa podría ser? Hice mi pedido (no es que tuviera que hacerlo; todos aquí conocían a los Lodge; el camarero ya había comenzado a vaporizar la leche para mi *latte* cuando me había visto entrar) y me dirigí a su mesa.

—¡Chicas! ¡Qué sorpresa más agradable! Pensé que era la única estudiante de Spence que tenía el sarcasmo suficiente para rebajarse a venir a este agujero del *Time Out New York*. —Me incliné para saludarlas con dos besos, al estilo europeo, inclinando la cabeza para que ellas pudieran hacer lo mismo.

—LOL, Ronnie —dijo Cam, los ojos color café iluminados. Bebió un sorbo de su bebida y soltó un breve suspiro de satisfacción—. Somos tus seguidoras.

—Me encanta cómo suena eso. —Enarqué una ceja—. Muévete —le ordené a Annie, y le hice un gesto para que se alejara más hacia la pared—. Me puedo sentar durante un minuto.

Annie sonrió y se movió.

—Genial.

—Así que —dije, los codos sobre la mesa—. ¿Estáis listas para esta noche?

Las chicas intercambiaron una mirada rápida que no pude descifrar por completo y después asintieron.

—*Muy* listas —aseguró Cam, mientras Annie corroboraba su asentimiento.

—¡Tengo una gran idea! —exclamé cuando se me ocurrió. Estoy segura de que lo hubiera pensado antes, si hubiera estado en la ciudad en lugar de en la playa—. Un equipo de belleza vendrá a las cuatro. ¿Por qué no venís? ¡Una prefiesta para quedar deslumbrantes! Será muy divertido. Haré que el *catering* nos prepare una jarra de sangría blanca de melocotón. Bobby Flay le dio a mi madre su receta exclusiva en un evento benéfico en Sag Harbor la semana pasada.

—Yo tenía… —comenzó Annie.

—Detente —pedí—. Si me vas a decir que ya tenías citas para tu pelo y tu maquillaje, ¡cancélalas! ¿A quién le importa? Puedo modificar mi reserva. Vamos… ponerme guapa en soledad es aburrido. Será mi regalo.

—Bueno, ¿estás segura? —preguntó Cam.

Qué pregunta más ridícula.

—¡Por supuesto que estoy segura! ¿Piensas que mi padre notaría un mínimo cambio en la tarjeta de crédito? Ni siquiera mira mis resúmenes. Vais a venir, y es lo último que diré.

Annie dejó escapar una tos ahogada, y se dio unos golpecitos en el pecho para tomar aliento.

—Lo siento, pensé que el café estaba más frío.

—Ten cuidado —dije—. Querrás estar en la mejor condición posible para la fiesta del año. Creo que incluso habrá algo de drama esta noche.

Cam rio.

—Ah, ¿sí? —Sus mejillas se tiñeron de rosa, más rosa de lo usual.

—Bueno, probablemente no debería decir nada, no quiero avergonzarlo, pero supongo que está bien, confío en vosotras, chicas.

—¡Por supuesto que puedes confiar en nosotras! —exclamó Cam, más sonrojada que nunca. ¿Estaba su bebida muy caliente también?—. Ronnie, ¿a dónde quieres llegar? Suéltalo de inmediato.

Me encogí de hombros e intenté mostrar que el asunto no era en absoluto nada del otro mundo.

—Da igual. Es solo que… Nick me ha visitado esta mañana. Fue algo salido completamente de la nada.

—¿Nick fue a tu casa? ¿Sin razón alguna? —preguntó Cam.

—¿Antes del mediodía? —agregó Annie.

—Lo sé, pensé exactamente lo mismo. Pero sí, apareció justo después de que terminara de entrenar. Por supuesto, supuse que solo era un plan elaborado para echarme un vistazo con mi ropa de licra, pero la verdad es que él quería hablar. Nick... bueno, me invitó a salir. A una *cita*. —Ahora que lo estaba diciendo en voz alta, el asunto sonaba menos adorable e informal y un poco más cargado. Un poco más parecido a algo que quizás me importara solo un poquito—. Es sorprendente, ¿verdad? —pregunté, más para tranquilizarme a mí misma que otra cosa.

¡Ahí está! Otra mirada entre Cam y Annie, Cam se sonrojó y Annie jugueteó con sus firmes rizos rojos. Pero quizás solo fuera yo. Quiero decir, acababa de reconocer que la confesión de Nick me había dejado un poquito alterada. Incluso aunque solo me lo hubiera reconocido a mí misma, por ahora. No estaba en mi mejor momento, eso quedaba bien en claro.

Sobrevino un instante de silencio que se prolongó demasiado, y tuve el extraño impulso de retirar todo lo dicho, de encogerme de hombros y reír, y dejar el lugar rápidamente antes de que cualquiera pudiera pensar demasiado en ello.

Pero antes de que pudiera hacer algo, Cam estalló en risas.

—¡*Por supuesto* que eso no es sorprendente, Ron! —insistió—. Es decir, *todos* saben que Nick St. Clair solo juguetea porque está perdidamente enamorado de ti.

—Es verdad —agregó Annie, sus ojos avellana de pronto parecían punzantes e intensos—. ¿Él no te había dicho que le gustabas? ¿En algún momento?

Hice una mueca de incredulidad.

—Eh, eso fue cuando estábamos en preescolar —le recordé—. Un testimonio difícilmente vinculante. En aquel entonces, mi estrella pop favorita era Barney, ¿recordáis?

—Aun así —insistió—. Esos son años formativos. No lo sé, quizás tú… le dejaste una *marca* o algo por el estilo.

—¿Como ocurre en esos libros de vampiros? —¿Mis amigas habían cambiado de cuerpo? ¿O solo estaban intentando apoyarme, aunque fuera de esta forma vagamente errónea?

Cam le lanzó una mirada fulminante a Annie como si ahora *ella* estuviera diciendo sinsentidos, y después se giró hacia mí.

—Creo que quiere decir que vosotros hacéis buena pareja. Vuestras familias se conocen desde hace mucho. Quizás él sea el único chico que alguna vez pueda controlar a tu padre.

En eso tenía razón.

—Es verdad.

—Y tenéis mucha química.

—También es verdad. —No tenía sentido negar la pequeña descarga de emoción que sentía cuando miraba los ojos azules de Nick, incluso si hasta ahora había decidido restarle importancia—. ¿Así que estáis diciendo que debería decirle que sí?

Durante todos estos años, mis amigas y yo nos habíamos lamentado por la falta de verdaderas opciones sofisticadas y viables dentro de nuestro círculo, habíamos protestado porque queríamos *hombres* cuando lamentablemente estábamos rodeadas por simples chicos. Los chicos del instituto eran para practicar, en última instancia. *Podemos conseguir algo mejor*, era nuestro mantra, siempre.

Annie abrió la boca, pero Cam le propinó un codazo antes de que pudiera decir algo.

—Creo que lo que estamos diciendo —dijo Cam, echando un vistazo hacia Annie—, es que deberías mantener la mente abierta. Escuchar lo que tenga para decir.

—Exactamente —asintió Annie.

Mi teléfono vibró en mi bolso. Hurgué dentro y lo alcé.

—Ay, ufff. Grace quiere que busque algunos artículos de Barneys para una sesión de fotos. Qué oportuna. —El trabajo de una becaria nunca termina.

—¿No podéis, bueno, conseguir una asistente para hacer eso? —preguntó Annie.

—*Yo* soy la asistente. —Suspiré—. Es una mierda, pero es una consecuencia de trabajar con la mismísima Su Majestad, Grace Coddington. Soy la chica que está siempre a su disposición. —Tendría que subir a un Uber si quería llevarle el café a mi madre mientras todavía estuviera caliente y llegar a Barneys a tiempo para conseguirle a Grace lo que necesitaba.

Hice un gesto, y nuestra camarera me trajo el pedido, el vapor emanando de las tapas de los vasos de papel y los bocadillos empaquetados en una caja blanca cerrada con un cordel.

—No os preocupéis, señoritas, todavía podemos quedar para las cuatro. Para cuando llegue la fiesta habremos alcanzado nuestro máximo *glamour*. Y con respecto a la… otra cosa. ¿Qué puedo deciros? Desde luego es algo para considerarlo. Es probable que tengáis razón.

—¿Lo considerarás? —preguntó Cam. Parecía dubitativa, pero extrañamente esperanzada. Extrañamente interesada.

—Lo haré. Pero por ahora es probable que debamos mantener esto entre nosotras tres. Nick seguramente se avergonzaría si supiera que he contado lo sucedido.

Annie hizo un gesto de boca cerrada sobre sus labios.

—Nuestro pequeño secreto.

—Perfecto. —Nos despedimos con un beso y continué reflexionando mientras regresaba al Dakota. «Deberías mantener la mente abierta», sonaba como un buen consejo.

Esta noche era nuestra fiesta. El Cuatro de Julio había llegado. Cualquier cosa podía suceder.

Cam:

Nicky, deberías habernos visto, actuando como si nada. En territorio enemigo. ¿CÓMO puede ser que no sospeche nada?

Nick:

Ya conoces a Ronnie: Abeja Reina. Digo, se cree la mejor. No sospecha nada porque nunca se le ocurriría sospechar.

Annie:

El karma es una perra. Como Veronica. No puedo ESPERAR a que llegue la fiesta.

Cam:

Hablando de karma, os dais cuenta de que probablemente iremos al infierno, ¿verdad?

Nick:

¿Probablemente? Definitivamente. ¿Y sabéis qué? Vale la pena.

Annie:

Vale MUCHO la pena.

Apuntes de campo de Dilton Doiley

Una luna sangrienta.

Esta noche mis scouts realizarán el camino hacia nuestro campamento bajo la luz de una luna sangrienta, un eclipse lunar completo que tiñe el cielo de manchas rojizas lodosas. Y si bien el suceso no tiene importancia astrológica, para mí representa indudablemente un presagio. La gente de Riverdale quiere creer que nunca podría suceder algo malo aquí, a pesar de la insistencia que tiene la historia en probar que estamos equivocados. El mal no deja de existir solamente porque nos neguemos a verlo. Aprendí eso a una edad muy temprana.

Mi padre aseguró que me estaba haciendo un favor.

Antes del favor, antes de que las cosas cambiaran —antes de que aprendiéramos cómo es de verdad el mundo—, y cuando yo estaba creciendo, mi padre era parte de los Scouts Aventureros. Él era nuestro jefe de tropa cuando yo era un niño.

Hace ocho años hicimos nuestro viaje de campamento anual de fin de semana, pero él tenía un viaje importante de negocios, así que no pudo asistir. Me quedé con mi tío durante el fin de semana, y todos nos dirigimos a Buffalo Flats como habíamos planeado.

Pasamos el primer día trabajando en nuestras insignias de aventura, haciendo artesanías y manualidades, practicando tiro con arco, cosas simples. Al día siguiente tenía lugar el verdadero evento del fin de semana: la excursión anual de *rafting* en los rápidos. Mi tío me acompañó en la balsa.

Había sido un invierno largo y nevado, y el río se encontraba crecido y turbulento. Hicimos lo posible por mantenernos erguidos. Fue emocionante, una descarga enorme de adrenalina, hasta que...

Nos adentramos en un rápido gigantesco, uno que nuestro guía desconocía. En un instante, todos estábamos bajo el agua. La cabeza me daba vueltas por el golpe. Grité en busca de mi tío, pero no logré encontrarlo. Lo único que pude hacer fue llegar a la orilla.

No pudimos llevar a cabo un intento de rescate. Ni siquiera teníamos cuerdas, nadie había pensado en llevar una. No éramos grandes scouts.

Mi padre no era... bueno, no es muy sensible. Pero me di cuenta de que estaba triste. Había perdido a su único hermano. No me perdería a mí también... sin importar qué hiciera falta.

«Hijo», dijo. «Nunca más volverás a estar desprotegido».

Lo decía en serio, nunca más. No para ninguno de los horrores inevitables que nos esperaran a todos.

Y entonces me entrenó. Comenzó con una serie de pruebas. Pasamos horas, días, semanas los dos juntos, mi padre enseñándome toda clase de habilidades de supervivencia: atar nudos, arrojar cuchillos, identificar flora venenosa, purificar cualquier fuente de agua, identificar a un depredador desde cualquier posición. Incluso me hizo desactivar artefactos explosivos improvisados, sin éxito.

«Si eso hubiera sido una bomba real, los dos habríamos muerto», me dijo una vez.

«Lo siento. No puedo...», yo solo era un niño. Estaba aterrado, avergonzado. No sabía qué era real y qué no lo era.

Las «pruebas» siguieron escalando, hasta que un día, estábamos saliendo de un supermercado y me entregó una corbata. «Ponte esto sobre los ojos, hijo».

Viajamos durante mucho tiempo. Una hora, quizás dos. Perdí la noción. El asfalto y el humo en el aire, los olores de Riverdale, se desvanecieron gradualmente.

Me llevó a los bosques (muy parecidos a los bosques de Sweetwater que mis scouts y yo habíamos recorrido tantas veces) donde acamparíamos por la noche. Me condujo a un claro y me sentó en el tronco podrido de un árbol caído. La corteza parecía esponjosa debajo de mí.

«No tengo que decírtelo: el mundo es duro y despiadado», comenzó, palabras que yo finalmente le recitaría a Jughead Jones, ¡al idiota y cínico de Jughead! «Has visto eso por ti mismo, y lo has visto desde una edad más temprana que la mayoría. Has recorrido un largo camino, Dilton».

¿Lo había hecho? No estaba tan seguro. Pero él era mi padre, tenía que confiar en él.

«Has recorrido un largo camino», volvió a decir. «Esta es tu prueba final. Creo en ti, hijo. Confío en que puedes hacerlo».

Con solemnidad, me entregó una navaja suiza de bolsillo, el esmalte rojo brillante y nuevo. Es la navaja que llevo conmigo todo el tiempo, la navaja que llevaba cuando Weatherbee me expulsó este año por llevar un arma en las instalaciones escolares. Como si la expulsión me importara. Como si alguna vez fuera a salir de casa sin ella, sin una protección de algún tipo.

No, mi padre me había enseñado demasiado bien. Me dejó en el bosque ese día.

Cuando regresó al automóvil, pensé que solo estaba intentando asustarme, que regresaría en una hora. Pero después comenzó a hacer frío. Y cayó la noche. Y me di cuenta: estaba solo.

No hace falta aclararlo: lo conseguí. Nueve días en el bosque Fox, por mi cuenta. Solo con mi navaja y mis propias habilidades de supervivencia. Me alimenté de bayas; encontré agua fresca para beber. A la larga fui capaz de atrapar y cocinar una ardilla. Fue la única vez en mi vida que tuve que cazar a otra criatura con vida. Fue difícil, pero tuve que hacerlo. Al final, encontré el camino de regreso a la ciudad.

Fue arduo —terrible, en realidad, por no mencionar que fue aterrador en ocasiones—, pero no siento rencor. Lo entiendo. Mi padre lo hizo para que yo pudiera aprender a vivir de la tierra, para que aprendiera a superar las adversidades. Porque la *vida* es una adversidad. Una serie de pruebas.

Y desde entonces, me he dedicado a preservar el código de supervivencia de mi padre por encima de personas como el director Weatherbee, con sus ridículas normas y regulaciones y su completa falta de predisposición para ver lo que hay debajo del velo. Para mejor o peor, por todos nosotros.

El apocalipsis es inminente. Si sueno como un loco, que así sea. Planeo estar preparado y mantener a mis scouts a salvo. Y para mantenerlos a salvo, tienen que estar conmigo.

Jones no me creyó, por supuesto. Eso es típico. Pero lo sé. Quizás sea la única persona de Riverdale que lo sepa.

¿Cómo puedo estar tan seguro? Es simple: por el cometa Baley. Adorna el cielo una vez cada ocho años. O, al menos, solía hacerlo.

Hace veinte años, el ciclo comenzó a acelerarse. Ahora el cometa aparece cada nueve meses. Se está acercando a nosotros.

Esta noche veremos nuestra cuarta luna sangrienta, que se manifiesta después de la misma cantidad de meses, un suceso profetizado desde hace mucho para señalar el fin de los tiempos.

Cuando la luna se eleve roja en el cielo, después de que hayamos desplegado nuestro campamento, presentaré mis argumentos ante los scouts: nuestra cuarta luna sangrienta en cuatro meses, el cometa acercándose cada vez más con cada ciclo.

El camino que se está desplegando es inevitable, indiscutible. Muy pronto, el cometa Baley se estrellará contra los Estados Unidos y causará una extinción que no se veía desde la de los dinosaurios.

Estoy hablando del fin del mundo.

Lo sé, suena dramático.

Pero lo prometo: no suena lo suficientemente dramático.

Yo se los haré ver a estos chicos. Les haré entender el destino que nos espera.

Y entonces, una vez que estemos en casa de nuevo, se los mostraré. Les enseñaré en lo que he estado trabajando durante tanto tiempo. Mi proyecto favorito, nuestra salvación. La verdadera prueba final de mi padre.

Tengo un espacio. Lo construí por mi cuenta, lo equipé a la perfección. Es pequeño, pero seguro. Privado. Tengo las cosas básicas cubiertas, planes para aprovisionarlo. Necesitaremos equiparnos con:

Agua.

Defensa.

Mejor defensa.

Resistencia.

Fortaleza.

Es un búnker de supervivencia, por supuesto. A mi padre y a mí nos llevó cinco años construirlo. Tiene un generador independiente que se alimenta de una mezcla de energía solar y gas natural, así que está completamente fuera del radar. Tengo el agua y la comida suficientes para sobrevivir meses. Años, si racionamos todo. Las paredes están recubiertas por dos centímetros de plomo que mantiene fuera cualquier forma de radiación.

Es todo lo que necesitamos para esperar el apocalipsis.

Quizás los chicos se opongan, al principio. Quizás rehúsen a creer que su idílica ciudad de Riverdale pueda representar alguna vez un peligro, una amenaza para ellos, para su existencia.

Pero verán la luna sangrienta. Escucharán mis historias.

En algún momento, lo entenderán.

12

ARCHIE

Ya era casi el mediodía en el área de construcción cuando vi pasar a Dilton Doiley y a su tropa en bicicleta, las brillantes banderas de los Scouts Aventureros ondeando al viento desde los asientos traseros. Sus bicicletas estaban cargadas con equipamiento, y todos se encontraban inclinados sobre los manillares, impulsándose hacia adelante.

Dilton tenía mucho mérito. Era un poco intenso —bueno, más que un poco—, pero lo que fuera que lo impulsara específicamente había encontrado su tribu en esos scouts, un grupo que nunca lo cuestionaría y cuya lealtad era inalterable.

En teoría, yo también tenía eso con los Bulldogs. Pensar en ellos me provocaba una punzada en el estómago. Ya temía el mensaje que sabía que recibiría de Reggie sobre la broma de venganza. O temía tener que decirle que no podría participar. Por no mencionar que ni siquiera *quería* hacerlo.

Si mis lealtades estaban tan divididas, ¿qué clase de compañero de equipo era ahora? ¿Qué clase de persona?

—Ey, pelirrojo, ¿quieres compartir ese cable de acero, o estabas planeando llevártelo al baile de graduación?

—¿Qué? Ah, perdón. —Levanté la mirada y encontré a Lenny, el capataz de mi padre para este trabajo, delante de mí, mirando fijamente mi carretilla y riendo—. Solo lo estaba llevando hacia esa pila. —Señalé—. Eh… me he distraído.

—Ya veo. Has estado parado allí durante casi diez minutos, mirando al vacío. Tu padre me envió aquí para pedirte que te dirijas a la caravana.

—¿Qué? No, puedo terminar de cargar el cable…

—Yo me encargo —me dijo, y me guiñó un ojo y se acercó para sujetar el manillar de la carretilla—. ¿Acaso no lo sabes, chico? Cuando el jefe silba, tienes que obedecer de inmediato.

—Por supuesto —afirmé. Incluso si el jefe era tu padre. O quizás *precisamente* porque el jefe era tu padre.

Corrí. Supongo que al final sí tengo algún sentido de la lealtad en mi interior.

Mi padre estaba en su escritorio, inclinado sobre un conjunto de planos, su casco junto a él y un lápiz en la mano. Parecía totalmente ensimismado, absorto, pero cuando la puerta se cerró detrás de mí, levantó la mirada y sonrió.

—Archie. ¿Cómo va todo allí afuera?

—Todo marcha bien —respondí, enjugándome la frente con el dorso de la mano. No ayudó mucho, solo terminó mezclando un poco de polvo de mi brazo con el sudor de mi frente. Resulta que de eso se trata la construcción, en resumidas cuentas: polvo y sudor, y en algún momento, algo nuevo termina siendo erigido gracias a todo el esfuerzo.

Cuando mi padre se acercó a mí por primera vez con la idea de que trabajara para él a comienzos del verano, no me di cuenta de lo satisfactorio que sería en realidad construir algo, crear algo físico que puedes tocar y ver con tus propias manos. No era música, eso quedaba claro, pero aun así era más creativo de lo que esperaba, para ser sincero.

—Lenny me ha dicho que querías verme.

—Ajá. —Hizo un gesto hacia la silla que estaba frente a su escritorio y sujetó una bolsa de papel marrón de un estante cercano—. Pensé que querrías algo para almorzar. Tu compra matutina de Pop's desapareció hace tiempo, siento decírtelo, pero tenemos bocadillos de atún y pan de centeno de esa tienda, Greendale, si tienes hambre. Y té helado. Hace mucho calor allí afuera.

—Sí, no hace falta que me lo digas —dije, y sujeté el té helado y me lo bebí entero casi de un trago. Mi apetito estaba desbocado desde que había comenzado en la construcción. Más que durante nuestra temporada de entrenamiento—. Pero, eh... ¿qué pensará el resto del equipo? Siempre me estás diciendo que venga aquí, dejando que me siente y coma bajo el aire acondicionado mientras los demás trabajan como esclavos a merced del sol ardiente. Es puro favoritismo.

Mi padre frunció el ceño.

—¿Qué *pensarán*? Pensarán que soy un buen padre. —Rio—. Ya piensan que soy un buen jefe. No me preocupa lo que piensen. Mis hombres y yo nos llevamos bien.

—De acuerdo. —Si él no estaba preocupado, yo tampoco lo estaría. Me senté y desenvolví un bocadillo.

(Hablando de lealtades, Pop no se sentiría feliz de ver esto. Pero él ya recibía suficiente clientela de nuestro negocio. Esta era apenas una gota en el océano).

Pensar en Pop's me hizo pensar en Jughead, y eso me llevó a nuestra conversación de la semana anterior. Era genial que estuviera escribiendo; curioso que los dos estuviéramos haciendo algo parecido últimamente, incluso si lo mío eran canciones y lo de él fueran historias. Solo demostraba que incluso ahora, cuando no pasábamos tanto tiempo juntos como solíamos, Jug y yo siempre estábamos, de alguna forma, en la misma sintonía. Supongo que así son los viejos amigos.

Ay, mierda. En un destello, recordé dos cosas: primero, que se suponía que Jug y yo íbamos a ir a Centerville mañana, y ahora no podría ir. Segundo, que la razón por la que no podría ir era porque había hecho planes con Geraldine. Planes que todavía no le había contado a mi padre.

Hablando de lealtades... odiaba tener que mentirle a mi padre. Hasta ahora, las cosas con Geraldine me habían hecho mentir por omisión, en general; simplemente no le había contado a mi padre lo que había estado haciendo últimamente. O él no se daba cuenta en absoluto de que yo estaba comportándome de forma reservada, o no quería tener que admitirlo, exponerlo de una manera que significara que *tendríamos* que enfrentarnos a ello, sin importar si queríamos o no.

De todas maneras, estaría afuera esta noche. Mi padre no era demasiado entrometido o controlador, pero necesitaba justificar mi salida. En especial con mi madre fuera de escena, él estaba más atento que nunca, intentando asegurarse de que todavía sintiera que teníamos estabilidad en el hogar y esa clase de cosas. Intentando asegurarse de que yo supiera que tenía padres que todavía me querían, y que él, en particular, estaba al cien por cien disponible para mí.

Hacía que me resultara más difícil no ser honesto con él, ya fueran mentiras piadosas o no.

Fue como si pudiera leerme la mente... espeluznante, pero otro tic en la columna de «papá está aquí para ti». Apoyó su bocadillo y bebió un sorbo rápido de agua:

—Creo que no me has dicho, pero ¿tienes planes para el Cuatro? Debes tenerlos.

Se me incendió la garganta. Había practicado esto en mi cabeza miles de veces: qué le diría, cómo lo diría. Las mejores mentiras (*las mentiras piadosas*, insistí para mis adentros) comenzaban con un elemento de verdad, ¿no es así?

145

—Eh, Jug y yo planeábamos pasarlo juntos —comencé.

¿Qué podría ser más creíble? Jughead y yo pasábamos juntos los Cuatro todos los años. Incluso hablamos de celebrarlo juntos este año también.

—*Día de la Independencia* en el Twilight, ¿verdad?

—Sí. Y me quedaré en su casa. Mañana iremos a Centerville como siempre. Bueno, no como siempre. Betty no estará allí. —Un puño se tensó y aflojó en mi estómago mientras hablaba, engañaba a mi padre y utilizaba a Jug como coartada. Después había mencionado a Betty para completar el triplete. La cuerda a la que me estaba aferrando para no perder mi insignia de lealtad se estaba deshilachando demasiado rápido.

—Claro. Claro. Betty. ¿Cómo le está yendo en sus prácticas?

Allí estaba esa punzada de nuevo, esta vez justo debajo de mis costillas. Lo cierto es que no sabía mucho sobre cómo le estaba yendo a Betty en sus prácticas. Apenas habíamos hablado o intercambiado mensajes desde que se había ido.

No era culpa de nadie. Pero ella estaba allí haciendo... bueno, haciendo sus cosas en L. A. Y yo estaba aquí, con la música... y Geraldine.

No era culpa de nadie, pero las cosas cambiaban.

Pero no le podía decir nada de eso a mi padre.

—Eh, está bien. Ella está bien. Se está divirtiendo. —Conociendo a Betty, eso tenía que ser cierto. Era genial en todo lo que hacía, todo el tiempo. ¿Por qué las prácticas iban a ser diferentes?

Es solo una mentira por omisión, me recordé. *Una mentira piadosa. Solo un poco falsa.*

—Me alegra escuchar eso —dijo mi padre—. Aunque echo de menos que esté por aquí. Hacéis una pareja adorable.

Me sonrojé, la maldición de ser pelirrojo.

—Papá, no somos pareja; lo sabes.

—Entonces, me habéis engañado. Es decir, sé que esa es vuestra historia y os estáis apegando a ella, pero de verdad os comportáis como una pareja. Pasáis todo el tiempo juntos. Y ella obviamente te adora. Deberías aprovechar la oportunidad.

—Betty es increíble —asentí. Porque lo era. Lo es. Es literalmente el ideal platónico de la vecina de al lado: preciosa, amable, leal e inteligente. No es un gran misterio por qué éramos tan cercanos—. Pero, ella no, ya sabes, no me *adora*. No de esa forma. Solo somos amigos. Es posible que un chico y una chica sean amigos, sabes.

—No he dicho lo contrario —aclaró mi padre—. Pero he visto cómo te mira. Si quieres hacerte el tonto, hijo, esa es tu decisión. Y si no quieres llevar tu amistad con ella al siguiente nivel, eso es perfecto. Pero deberías estar al tanto. Y, sabes, ser delicado.

—Dios, papá. —¿Qué significaba esta charla tan trascendental? No necesitaba que nadie me recordara cómo comportarme con Betty. No era una «chica» de ese estilo, una que necesitara que la trataran entre algodones. Ese aspecto la hacía ser increíble, o al menos era una de sus virtudes. Betty es como un amigo, como un mejor amigo, solo que mejor.

Mi padre levantó las manos en el aire haciendo un gesto de «tranquilo».

—Está bien, está bien. Ya lo he entendido. Tú y Betty sois cien por cien platónicos. El ideal platónico de los platónicos. Solo amigos.

—Solo amigos.

—Así que… —Se le dibujó una expresión diabólica en la mirada—. Tú eres un adolescente estadounidense de sangre caliente.

—¿Sí? —respondí con cautela.

—Es solo que, si Betty no es la indicada… tiene que haber alguien más, ¿no es así? No te imagino sentado en tu habitación jugando a vídeojuegos en soledad como un monje. —Me lanzó una mirada—. No pienses que no me he dado cuenta de que te escabulles de noche después de la cena. —Abrí la boca de la sorpresa, pero no me dejó hablar—. No te preocupes, no te voy a echar la bronca, Arch. ¿Piensas que yo no era como tú cuando tenía tu edad? ¿Qué no me escabullía por la puerta trasera cuando mis padres no estaban mirando para encontrarme con chicas?

—¿Para encontrarte con mamá? —Todo el mundo sabía que él y mi madre se habían enamorado en el instituto, incluso si últimamente ese amor estaba un poco más golpeado, más desgastado.

—Claro, con mamá. —Sonrió con picardía.

—¿Qué es esa mirada? —¿Quería saberlo? Toda esta charla de hombre a hombre con mi padre era demasiado para mí.

—Yo tampoco fui un monje, Arch. Estaba tu madre, y había algunas otras chicas de vez en cuando. ¿Qué puedo decirte?

¿Qué *no* podía decirme? ¿Qué *no* me había dicho? Esta pequeña sesión de chismorreo se estaba convirtiendo en algo demasiado íntimo y personal.

—¿Y bien? —Me miró, expectante—. ¿A dónde se dirige mi respetable hijo de noche, cuando desaparece por la puerta? ¿Quién es la afortunada?

Mi mente viajó a Geraldine, mirándome desde detrás de esas gafas con forma de corazón mientras yo caminaba arrastrando los pies junto a la carretera. Geraldine, más tarde, en el asiento trasero de ese mismo coche. Geraldine, esta mañana en su casa, la luz solar filtrándose por las ventanas, iluminándola desde atrás.

—Vamos, papá —protesté—. No sucede nada. No hay afortunada. Solo he estado corriendo. El entrenador Clayton dejó muy en claro que necesitábamos mantenernos en forma durante el verano.

Mi padre enarcó una ceja.

—Corriendo. Claro.

—Corriendo.

—Sabes que verter cemento es tan buen ejercicio como cualquiera que los Bulldogs hagan durante la pretemporada.

—Lo sé —aseguré, agradecido por escapar del tema de las chicas—. Y hablando de... —Incliné la cabeza en dirección a la puerta de la caravana.

—Sí, sí, vuelve al trabajo, antes de que me acusen de *puro favoritismo* —bromeó mi padre, sonriendo—. ¿Te veré antes de que salgas con Jug esta noche?

—Eh, ¿quizás? —Geraldine y yo todavía no habíamos arreglado nuestros planes para encontrarnos.

—Me alegra que te quedes allí —soltó, casi como una idea tardía—. Es probable que Jughead necesite un amigo ahora mismo, con lo que sucede con F. P.... —Se detuvo de pronto, como si acabara de darse cuenta de que estaba llevando la conversación en una dirección que no había planeado.

—¿Qué sucede con F. P.? —pregunté. ¿Qué era eso que mi padre no me estaba contando?

—No importa. Solo estoy divagando. Pasároslo bien. Ya me dirás cómo se encuentra Jug.

—Lo haré —respondí, preguntándome por qué mi padre sentiría curiosidad por saber el estado de Jughead. Preguntándome qué era lo que él no me estaba contando a *mí*.

Supongo que yo no era el único que había estado contando mentiras piadosas últimamente.

No son mentiras, me corregí. *Son omisiones.*

Mi padre me estaba *omitiendo* cosas, escondiéndomelas.

En realidad, eso no sonaba mucho mejor.

Ben:

¿Estás segura de que no podemos vernos hoy?
¡Te echo de menos!

Geraldine:

Hoy no puede ser. Tengo planes.

Ben:

Pero…

Geraldine:

Te he dicho que tengo planes. Tu clase es la semana próxima. Si vienes antes, será sospechoso.

Ben:

¿No estás harta de que nos escondamos?
¿No preferirías sacar todo a la luz?

Geraldine:

Entiendo tu frustración. Pero una vez que esto se sepa se terminará todo. ¿Realmente quieres eso? ¿No preferirías ser paciente, en cambio?

Ben:

Supongo. Pero no me gusta.

Geraldine:

Disfruta del Cuatro. Te veré la semana que viene.

13

BETTY

Todos saben que Veronica Lodge es una chica preciosa de pelo negro, inteligente, segura de sí misma y elocuente, que reina como una sofisticada estudiante de segundo curso sobre todo lo que concierne a la aristocrática Academia Spence de la ciudad de Nueva York. Hija de Hiram y Hermione Lodge —sí, *esos* Lodge, los magnates de las Industrias Lodge—, esta mimada joven parece sostener su universo en la palma de la mano (y uñas perfectamente cuidadas por la manicura, naturalmente).

¿Qué visión tienes de una ideal chica ícono de instituto? Os lo aseguramos, Veronica lo tiene todo: ¿inteligencia? Sí. ¿Belleza? Sí. ¿Una cuenta bancaria infinita, un #leal #escuadróndechicas de «estatus» similar, y la posibilidad de elegir a cualquier pretendiente que se preste a sus deseos?

Sí. Sí. Sí.

Se comenta que Veronica «Ronnie» Lodge una vez compró una sección entera de calzado en Saks para que ninguna otra estudiante pudiera llevar los mismos zapatos de tacón que ella llevaba con tanta elegancia (supongo que sus amigas nunca escucharon hablar de Zappos).

Muy pocas personas se atreven a hablar en *contra* de la querida Ronnie, pero ¿por qué lo harían cuando la lady en cuestión se ha descrito burlonamente a sí misma como «una perra superficial, tóxica y rica que estropea todo a su paso»?

Vale, muy bien. #SorryNotSorry.

Es un hecho conocido que su querido papi ha estado jugando arteramente con los lobos de Wall Street, pero hasta ahora, y dejando de lado los rumores de las clases inferiores, ningún cargo ha prosperado. Y si bien, según todas las fuentes, Veronica se destaca básicamente en todo lo que decide hacer (en serio: puede cantar, bailar, citar grandes obras de la literatura al instante), nos hemos enterado de que tiene una aptitud especial para las matemáticas: es decir, una mente para los negocios.

¿Por qué simplemente conformarse con heredar el negocio de tus padres cuando podrías dominarlo? Puede ser que el futuro de las Industrias Lodge quede en manos femeninas.

Querido diario:

Dos horas e innumerables búsquedas en Google más tarde, y esto era lo más lejos que había podido llegar con mi artículo sobre Veronica Lodge. La chica era inaccesible en el máximo sentido, así que, en lugar de confiar en las conocidas fuentes de primera mano, pensé que podría hacer una pequeña investigación por mi cuenta.

Pero no pude desenterrar nada.

La verdad, esta Veronica parecía terrible, una dictadora benevolente que creía que su apariencia y riqueza le otorgaban el derecho de pasar por encima de las vidas, los deseos y los sueños de otras personas. Pero aquellos que no querían ser ella o *estar* con ella parecían aterrorizados por su presencia. Nadie lo decía de forma directa, pero después de husmear un poco en los foros de los estudiantes de Spence, eso había quedado perfectamente claro.

(Dicho sea de paso, ¿crear un usuario falso para esos foros? Fue tan fácil que aun la misma Nancy Drew podría haberse aburrido en el proceso).

Había cartas abiertas sobre acoso escolar, una historia particularmente horrible sobre una pobre chica que había sido forzada a beber agua de la alcantarilla, lo que en Nueva York era un nivel extra de asqueroso, pero nadie había llegado tan lejos como para dar nombres. Era muy fácil atar cabos cuando leías cartas y columnas escritas durante meses de manera consecutiva y luego encajabas a los actores periféricos e intentabas encontrar el hilo conductor.

Los detalles realmente sucios eran sobre Hiram Lodge, que era una especie de magnate de Wall Street. Durante la primavera pasada condujo una clase de negocio de inversión que un grupo de consultores financieros calificaron como «turbio al nivel de Bernie Madoff». Pero de nuevo, nadie había aceptado hacer declaraciones bajo su nombre, y hasta ahora, nada había alterado la vida lujosa y acomodada de los Lodge. El Instagram personal de Veronica era privado, y su Instagram público estaba repleto de tomas muy editadas de vestidores de Barneys, de Bendel... otra que parecía ser una prueba de vestuario con... Christian Siriano... ¿¿¿para la Gala del Met??? Sip, seguida por una fotografía de un par de zapatos diseñados a medida de #JimmyChoos, que yo no creía que las personas reales, que no fueran estrellas de cine, pudieran comprarlos.

Se arreglaba el pelo y se maquillaba en el salón de Paul Podlucky en el Upper East Side, junto a Kendall Jenner y otras modelos de Estée Lauder, y solía hacer ejercicio en Tone House antes de decidir que estaba demasiado atestado y hacer que su padre le construyera un estudio privado de *spinning* en su apartamento. A ella y a Taylor Swift las habían visto llevando manicuras combinadas en la primera fila del desfile de Nanette Lepore en la Semana de la Moda del año anterior. Se le había solicitado ser jueza invitada en *Project Runway: Junior* con Ariana Grande, pero lo rechazó porque tenía planes de estar en Necker (ya sabes, la isla privada de Richard Branson) durante esa semana. Lugar donde «sin querer» había sido —presta atención— fotografiada besando al hermano de las Hadid.

Entonces, ¿qué más había por decir sobre Veronica que ella misma ya no hubiera dicho?

Bueno, nunca lo sabría, de todas formas. No por cómo estaba transcurriendo mi tarde.

Rebecca había mencionado la idea de retirarnos de la oficina temprano con motivo del Cuatro y todo eso. Pero la atmósfera en el lugar había cambiado desde el escándalo de la mochila, y a pesar de que ella, Cleo y yo estábamos sentadas en nuestros respectivos escritorios haciendo nada —o en mi caso, inventando «entrevistas» a terceros sobre una persona patológicamente esquiva—, yo no mencionaría el tema de nuevo.

Cleo... Mirando por encima de la pared de mi cubículo hacia la recepción, me encontré preguntándome de nuevo: ¿*podría* haber sido ella la que había escondido esas cosas del armario en mi mochila? En realidad, se suponía que *debíamos* estar en un «ambiente respetuoso», como había dicho Rebecca. Aunque lo sabía tan bien como cualquiera: las chicas no siempre actúan así. ¿Había convertido a Cleo en mi enemiga? ¿Tanto que se complicaría la vida —incluso pondría en riesgo su reputación en el trabajo— para destruirme?

No podía pensar en nada que hubiera hecho para ganarme su odio, pero algunas chicas no necesitan una excusa. ¿Acaso las historias que había desenterrado sobre Veronica Lodge no lo confirmaban? Quizás esa era la primera lección que tendría que aprender como Betty de L. A.

Bueno, sé una cosa con certeza: la Betty de L. A. no se rendirá fácilmente.

COSAS QUE SÉ SOBRE CLEO:
1) Lleva unas gafas increíbles.
2) Tiene el pelo superbrillante.
3) Básicamente nunca me ha dirigido más que unas pocas palabras, y esas palabras en general han sido cosas como: «Hay tarta en el salón de descanso» o «Rebecca quiere esas muestras de calcetines para yoga ahora mismo». Y yo respondía: «¡Ah! Muchas gracias» y «¡Enseguida!», respectivamente.

En fin, no todos tienen que ser amables con todos a todas horas. Está bien. Quizás algunas personas piensen que soy demasiado buena o demasiado corriente. Con seguridad no soy una hípster de L. A.

No vamos a ser todos mejores amigos. Pero en las pocas semanas que he estado en *Hello Giggles*, no podía pensar en algo que hubiera hecho para ganarme el odio de alguien, y mucho menos el de Cloe en particular. En su mayoría cumplo con pedidos de café, no destaco demasiado, archivo lo que tengo que archivar y rezo para que, tal vez, solo tal vez, en algún momento me encarguen un artículo real para escribir.

Y luego hoy, lo estaba haciendo.

Mmm.

No solo un artículo, tampoco. El del papel pintado y el perfil de Veronica Lodge.

Es decir, sabía que no me lo habían asignado porque Rebecca de pronto hubiera visto una gran promesa en mí. Simplemente estuve en el lugar correcto —una oficina casi desierta— en el momento adecuado. ¿A quién queremos engañar? Pero, no lo sé, si Cleo tenía aspiraciones propias de escritura, quizás mi ascenso repentino en la escalera editorial representaba una amenaza. Era la mejor explicación que se me ocurría.

¿Estaba Cleo esperando firmar un artículo propio? ¿Lo deseaba tanto que estaba dispuesta a plantar evidencia en mi bolso para incriminarme? Y de ser así, ¿qué haría a continuación?

Soy partidaria del amor, no de la guerra. Pero quienquiera que se metió en mis cosas lanzó el primer puñetazo. Lo que sea que suceda ahora solo ocurrirá por defensa propia.

Y eso incluye, por ejemplo, revisar los archivos de Cloe para descubrir si —y por qué— ella está en guerra conmigo.

Su teléfono era la elección obvia. Pero se aferraba a él como si fuera un órgano vital, incluso se lo llevaba al baño (nota aparte: qué asco). Después de aproximadamente una hora vigilándola con disimulo por toda la oficina, lo descubrí por las malas.

Estaba dándole los toques finales a mi artículo provisorio sobre Veronica Lodge —claramente, no estaría terminado hasta que no consiguiera una maldita declaración de su majestad, pero algo era mejor que nada, y esto tendría que bastar por ahora— cuando finalmente vi que el brillante, brillante pelo de Cloe caía como una cascada por encima de sus hombros cuando se alejaba del escritorio de recepción. Apenas se había movido de su silla durante los últimos sesenta minutos, así que esto parecía como una oportunidad para aprovechar. Desapareció hacia el baño. No podía saber si se había llevado el teléfono con ella.

Rebecca estaba de regreso en la sala de conferencias, revisando diseños de página o en mitad de una tarea de supervisión similar. Por lo tanto, no estaba cerca para ver cómo me comportaba de forma decididamente irrespetuosa hacia mi compañera de trabajo y su espacio personal. *Bonus*. Me dirigí con sigilo hacia el escritorio de recepción con mi propio teléfono y una memoria USB en el bolsillo. (Nancy Drew nunca se embarcaría en una investigación sin estar preparada, y yo tampoco lo haría).

Había papeles desparramados por todos lados. (Para ser un trabajo digital, generábamos una tonelada de impresiones. Ser analógicos y retro era una tendencia para nuestro equipo. Sinceramente, si un día descubriera a Rebecca escribiendo a mano con una descabellada pluma, no me sorprendería ni un poco). Sujeté mi teléfono y fotografié todo, no tenía idea de qué se convertiría en una pista.

Solo tuve algunos minutos, pero por lo que vi, había mayormente borradores de comunicados de prensa, marcados con un bolígrafo rojo y notas Post-it. *Bien, nada que ver conmigo*. Antes de hoy, a mí no se me había confiado escribir nada tan oficial como un comunicado de prensa. Ni siquiera circulaban por mi escritorio, en general. Sus credenciales de trabajo también estaban allí, los ángulos marcados de sus pómulos mirando fijamente hacia la cámara.

Me estremecí. Cleo nunca había sido cálida o agradable, pero ante la posibilidad de ser un blanco frente a sus ojos, su expresión parecía más amenazadora. Le hice una foto a sus credenciales. No tenía idea de para qué la utilizaría, ¿para descubrir precisamente a qué hora había entrado o salido del edificio? ¿A quién le importaba eso? Pero era más información. Eso era reconfortante.

—¿Necesitas algo, Betty?

Me sobresalté. *Muy sigilosa.* Había estado tan ensimismada haciéndole fotografías al escritorio de Cleo que no la había escuchado regresar del baño. Un error de principiante. Nancy Drew estaría avergonzada.

Pensando rápido, guardé el teléfono (y sus sigilosas y comprometedoras fotografías) en el bolsillo.

—Lo siento, te quería hacer una pregunta sobre... el horario de Rebecca, pero recibí un mensaje mientras te estaba esperando.

—Ahhh. —No parecía convencida—. Bueno, es probable que se quede hasta que termine la jornada, como siempre, incluso a pesar de que mañana sea Cuatro. No es de las que se van temprano. Siento decepcionarte. —Hizo una mueca que no fue para nada creíble.

—Claro. Ah, bien. —Me quedé pensando. ¿Había *alguna* manera de que esto funcionara para mi beneficio?—. Y tú también te quedarás aquí, ¿verdad? —Quizás podía lograr echarle un vistazo a su ordenador.

¿Estaba *dispuesta* a espiar su ordenador? Es decir, ¿revisar sus archivos?

Pensé que sí. La Betty de L. A. estaba dispuesta.

—Si Rebecca se queda, yo también —informó. Apretó la boca en una línea firme.

Intenté parecer complacida por las noticias.

—Por supuesto. Eh, yo también.

—Por supuesto —dijo Cleo—. Qué suerte.

Sarcasmo. Eso era nuevo.

Bueno, ¿Betty de L. A.? Plan B.

De: WWeatherbee@VamosBulldogs.edu
Para: [lista: Todos_Bulldogs_Fútbol]
Re: Bromas

A todos los jugadores de fútbol del equipo Bulldog:

El entrenador Clayton me ha informado del reciente descubrimiento de una broma que tuvo lugar en nuestro campo de fútbol. Vosotros habréis escuchado sin duda que han encontrado el terreno pinchado por tenedores de plástico. Sea quien sea el culpable, fue un trabajo muy exhaustivo.

Aunque el conserje Svenson se ha ofrecido a limpiar, el entrenador Clayton y yo hemos hablado sobre el tema y hemos decidido que los Bulldogs deberían ser los responsables de limpiar el campo. Sin importar quién haya cometido el acto, acondicionarlo juntos debería ser un ejercicio eficaz para aprender a trabajar en grupo.

Nos damos cuenta, por supuesto, de que los vándalos responsables de la broma quizás no sean estudiantes de Riverdale. De hecho, es completamente factible que este sea un acto de desafío de uno de nuestros rivales deportivos. Cabe destacar que la política oficial del instituto sobre las «guerras de bromas» es de tolerancia cero; esperamos que nuestros estudiantes se comporten como los embajadores maduros y decorosos de Riverdale que son, y que se abstengan de cualquier clase de represalia.

Gracias.

De: RMantle@VamosBulldogs.edu
Para: [lista: Mis_Perros]
Re: Bromas

Ey, sé que Bee quiere que bajemos la cabeza, y supongo que esa también es la postura oficial del entrenador con respecto a la broma. Pero no lo haremos, ¿verdad?

Encontrémonos después, durante la noche de películas en el Twilight y venid con vuestras mejores ideas de venganza. No me decepcionéis, perros.

Andrews:

Lo siento, Reg. No podré ir hoy.

Reggie:

¡Andrews! ¿Dónde está tu espíritu de equipo?

Archie:

No puedo. Lo siento.

Reggie:

No es suficiente.
El equipo te necesita.

Archie:

Tal vez después del Cuatro. No lo sé. Tengo cosas que
hacer. Pensaré en las bromas, si puedo.
¿Quizás alguna otra cosa?

Reggie:

Amigo.

Reggie:

Bueno, hombre. Solo espero que revises tus lealtades
antes de que empiece de nuevo la temporada.

14

JUGHEAD

Me llevó toda una vida, y hacía un calor infernal afuera, pero logré llegar desde el Twilight hasta la última obra de Construcciones Andrews. Sabía dónde se encontraba, por supuesto, incluso aunque no hubiera visto a mi padre salir para el trabajo todavía, y Archie y yo no estuviéramos pasando mucho tiempo juntos. Teniendo en cuenta mi estado mental en ese momento, si hubiera estado en casa hubiera dicho *al demonio* y me habría subido a la motocicleta de mi padre, y no me hubiera importado lo que fuera a decir. Si lo que esa Serpiente me había contado sobre él era cierto, no tenía ningún derecho a estar dándome órdenes.

Pero enardecido como me encontraba, había una parte no tan pequeña de mí que todavía estaba deseando —en contra de todo pensamiento racional— que no fuera verdad.

Incluso aunque realmente nunca lo hubiera *visto* ir al trabajo. Ni una sola vez desde que comenzó el verano. ¿Y si retrocedía más? ¿Era de verdad tan egoísta que ni siquiera lo recordaba?

Mi estómago comenzó a saltar cuando la construcción apareció a la vista: la pala mixta triturando todo, masticando la tierra seca y tosiendo nubes grandes de polvo y escombros. Me di cuenta de que Archie quizás estuviera allí ahora. Probablemente *estaría* allí. De alguna manera, no me había percatado de eso. ¿Y después qué? Obviamente me estaba evitando. Si yo aparecía al azar en su trabajo, no estaría muy contento.

¿A quién le importa?, decidí, con más energía que nunca. *¿Por qué debería ser yo el único que se siente como la mierda todo el tiempo? ¿¡A quién le importa si él se siente incómodo cuando ha sido él quien me ha estado evitando!? Que él responda las preguntas, se haga cargo de su mierda, solo por una vez.*

Cada paso que daba agitaba más mi indignación justificada, le añadía otra muesca más. Quizás yo fuera el rarito oscuro y cínico del instituto Riverdale, sí; pero esta ira —negra y caliente como si tuviera el pecho repleto de alquitrán— alcanzaba un nivel extra, incluso para mí.

Recordé cuando Pop nos habló a Dilton y a mí sobre la clientela que había pasado por la cafetería. *Bonnie y Clyde*, era una locura. Y sobre cómo su padre aseguró tener una premonición, o... *algo* acerca de ellos, en ese momento. Yo no creía en esa clase de cosas sobrenaturales salidas del New Age, pero Pop parecía estar hablando en serio. Y después estaba Dilton, haciendo su acto de adivino apocalíptico al estilo Cassandra: «Una luna sangrienta», había dicho. Y ahora *mi* sangre estaba burbujeando en mi cuerpo, un pacto impulsado por la furia.

No, no creía en lo que Pop había estado diciendo. Pero allí, ¿caminando hacia la caravana del señor Andrews bajo el sol ardiente del mediodía? Esa fue la primera vez que sentí, en mi interior, que quizás habría algo de verdad en la idea de que existe —y siempre ha existido— algo malvado acechando en el corazón de Riverdale.

Que podría estar preparándose para aparecer, para hundir sus garras en mí. En todos nosotros.

Que no saldríamos intactos.

ᨆᨆᨆ

El señor Andrews pareció genuinamente sorprendido cuando irrumpí en su caravana. De hecho, saltó un poco en su asiento cuando la puerta se cerró de un golpe. A mis espaldas, escuché que Lenny, el capataz, gritaba: «¡Ey! No puedes entrar ahí. El señor Andrews está trabajando». Pero sí podía meterme allí y sí lo haría y lo *estaba haciendo*, así que a la mierda, Lenny.

Incluso sobresaltado, el señor Andrews fue mucho más amable que Lenny. Lo que fuera que estuviera haciendo, lo dobló con cuidado y lo guardó en un cajón del escritorio.

—Jughead —saludó, como si estuviera feliz de verme. Quizás incluso esperándome—. Acabas de perderte a Archie.

—Sí —refunfuñé, y enganché mi pulgar en el bolsillo trasero—. Parece que eso ha estado sucediendo bastante últimamente. —¿Acababa de perder a Archie, o solo, ya sabes, *había perdido* a Archie, en el sentido estricto de la palabra? Era difícil saberlo. Posiblemente una combinación de ambas cosas.

—¿En serio? —El señor Andrews enarcó una ceja—. Yo siempre había pensado que vosotros dos erais como uña y carne.

Sonreí a pesar de mí mismo.

—Señor Andrews —dije—. No me queda ningún abuelo. Pero incluso si los tuviera, creo que ni siquiera ellos utilizarían la expresión «uña y carne». —Sabía que la broma ligera no le molestaría.

Tal como esperaba que hiciera, solo se encogió de hombros con buen humor.

—Unidos como siameses. Inseparables. *Amigos del alma.* —Me guiñó un ojo—. ¿Qué te parecen esas?

Sacudí la cabeza.

—Me está matando, hombre.

—¿No querrás decir *abuelo*?

Dios, ¿por qué tenía que ser tan encantador, incluso cuando yo estaba tan alterado? Por supuesto, eso también era cierto para Archie: era la razón por la que siempre conseguía lo que quería.

—¿No ha escuchado? Un millón son los nuevos mil millones. En términos de edad, quiero decir. —Me tomé la libertad de sentarme frente a él.

Pensar en Archie, sin embargo, y en nuestra antigua amistad inquebrantable fue todo lo que necesité para recordarme el propósito original de mi visita. Además de entristecerme un poco.

—En fin, sí. Arch y yo estamos, ya sabe… ocupados —terminé de decirlo sin convicción. Porque, por supuesto, era verano, y ¿cómo de ocupado podía estar un adolescente? Sí, Archie tenía su trabajo, y yo, bueno, tenía mi escritura… pero ninguna de esas cosas era tan absorbente. Y ninguna de esas razones explicaba por qué de pronto estábamos en el polo opuesto de *uña y carne*.

—Lo sé, lo sé —dijo Fred, y me entristecí durante un instante, por lo mucho que él *no* sabía. (¿Acaso alguno de nosotros lo sabíamos realmente?)—. Me preocupa estar haciéndolo trabajar demasiado. Y luego está fuera toda la noche. ¿En qué andáis metidos? ¿Cuántos batidos podéis beber, incluso dos chicos corpulentos como vosotros? —Una arruga profunda se dibujó entre sus ojos, la clase de expresión que indicaba que en verdad *estaba* preocupado por eso, a pesar de que estuviera intentando disimularlo.

Está fuera toda la noche. Y el señor Andrews no sabía adónde iba. Pensaba que Archie y yo estábamos juntos. En *Pop's*, ya que era evidente que no estábamos en su casa. *Mmm.*

Cualquiera que fuera la situación con Archie, no lo delataría. No era un soplón.

—Muchos, señor Andrews. Pero ya sabe eso de mí. Comer es básicamente mi superpoder.

—Siempre lo fue, Jug. Muy cierto. —Apartó algunos papeles y apoyó los antebrazos sobre el escritorio—. Tengo que confesarte que me sentí aliviado cuando me contó que vosotros iríais a Centerville mañana, como solíais hacerlo. Un poco de normalidad será buena para Archie. —Suspiró—. No habla mucho sobre eso, pero creo que la partida de su madre fue más difícil para él de lo que yo pensaba.

—Sí, supongo que eso es normal. —Yo tampoco podía asegurar que me estuviera tomando con calma la desaparición de mi propia madre.

Pero esa no era la novedad. La noticia real era que Archie le había hablado a su padre sobre nuestro plan de viajar a Centerville, a pesar de que me había estado evitando de forma bastante agresiva desde que habíamos hecho precisamente esos planes. Así que, o él realmente sí planeaba verme mañana... o me estaba usando como coartada.

Odiaba que la segunda opción pareciera mucho más posible que la primera.

También odiaba que *aun* así yo no fuera un soplón. No sería yo el que le contara a Fred Andrews que Archie tenía otros planes para el Cuatro.

—Totalmente normal. Necesita su espacio —aseguró el señor Andrews, y me hizo regresar al presente de una sacudida—. E incluso dejaré pasar el hecho de que dormirá en tu casa esta noche. ¿Qué puedo decir? Soy un mártir.

—¿Se quedará a dormir? —Elevé el tono de voz. Archie *nunca* se quedaba a dormir, ni siquiera cuando las cosas de verdad *eran* normales. Había mucho más espacio en su casa.

Tosí y corregí mi tono.

—Sí, bueno. Por los viejos tiempos, bla, bla. Será divertido. Como si tuviéramos diez años otra vez. Es una lástima que seamos tan mayores para la casa del árbol.

El señor Andrews enarcó las cejas.

—Si me estás pidiendo que construya otra, no te molestes. Tengo las manos más que ocupadas aquí, en caso de que no te hayas dado cuenta.

—Me doy cuenta, me doy cuenta. —Hice una pausa y respiré hondo. Esta era mi oportunidad. Solo necesitaba soltarlo y decirlo—. Hablando de… usted tiene a todo su equipo afuera. ¿Está mi padre allí? No lo he visto cuando he entrado.

—¿Tu… padre? —El rostro del señor Andrews atravesó una serie de expresiones: confusión, sorpresa… y finalmente remordimiento.

El corazón me dio un vuelco. Ahí estaba. La verdad que había intentado evitar con tanto empeño.

—Jug —dijo el señor Andrews, esta vez con suavidad, de una manera que hizo que se me cerrara la garganta ante el atisbo de su lástima—. Tu padre no está aquí.

Me quedé en silencio, esperando lo inevitable.

El señor Andrews de pronto pareció extremadamente incómodo. *Bien*. Éramos dos, entonces.

—Esa es, ah, una de las razones por las que me alegraba que Arch se quedara contigo esta noche. Estaba… —Pareció no saber cómo decir lo que estaba pensando, si debía decirlo.

Al final, me dirigió una mirada sincera.

—Jug, sabes que tu padre y yo tenemos historia. Él es como un hermano para mí. —No dije nada, solo le devolví la mirada—. Pero, ya sabes, la gente cambia, evoluciona, se separa… y, ya sabes, es triste, Dios sabe lo trágico que es, pero no siempre se puede hacer algo al respecto.

¿Mi padre y el señor Andrews eran como hermanos? Sí, lo eran. También lo fuimos Archie y yo una vez. Y el señor Andrews era como un segundo padre para mí, uno confiable, un padre de televisión que guardaba los almuerzos y paseaba al perro. Nunca jamás pensé que estaría sentado frente a él ahora, con todo los que nos relacionaba —las conexiones de nuestras familias, amistades y confianza— completamente erosionado.

La palabra me golpeó como una bofetada en la mejilla. *Alcohólico*. Todos lo sabíamos, por supuesto. Pero nadie lo llamaba por su nombre.

Dejó caer los hombros.

—Debiste haber visto algún indicio. No lo sé, quizás lo escondía en casa. Sé que yo lo hubiera intentado. Pero en algún momento, es imposible de ocultar. No por completo. —Estiró la mano por encima del escritorio para sujetar la mía, pero yo la retiré. Este no era un documental de salud, esta era mi *vida*—. En fin, los detalles no son tan importantes. Es la misma historia que tantos conocen muy bien. Es una enfermedad, sabes.

—*Lo sé* —gruñí entre dientes. Como si necesitara que Fred Andrews me diera excusas por mi padre.

Como si *hubiera* alguna.

—Así que, como dije, por eso me alegré de escuchar que Archie se fuera a quedar contigo esta noche. Sé que… bueno, solo digamos que Riverdale es una ciudad muy pequeña. Los rumores circulan. Sé que tu padre no ha estado durmiendo en casa. Así que pensé que te vendría bien algo de compañía.

Había una mancha en el suelo de linóleo de la caravana, una mancha negra como si fuera la marca de un zapato. Me concentré en ella como si contuviera los secretos del universo.

—¿Dónde está mi padre, señor Andrews? —pregunté en voz baja.

—Jughead. —El señor Andrews se rascó la cabeza. Se puso de pie, me miró y volvió a sentarse—. Jug. Yo no… sinceramente, creí que lo sabías. Después de que tu madre se fue, tu padre comenzó a beber más. Debiste haberlo notado. A duras penas aparecía en el trabajo y cuando lo hacía, estaba demasiado borracho para trabajar. Tuve que dejarlo ir, Jug.

—¿Cuándo? —pregunté, y luché por evitar que mi voz se quebrara.

—¿Cuándo…?

—¿Cuándo lo *despidió*? —La palabra pareció espinosa y áspera en mi lengua.

—En marzo —admitió el señor Andrews.

Marzo. Entonces había estado desempleado durante meses. Mintiéndome. No en mi cara, por supuesto. Mentirme en la cara hubiera requerido contacto frente a frente. Pero en cambio…

—Bueno, ¿dónde piensa *usted* que está? —pregunté—. Demasiado avergonzado para regresar a casa, para enfrentar a su único hijo. ¿A dónde se dirige mi padre todos los días?

—Jughead… —comenzó a decir el señor Andrews, su voz rompiéndose.

—*Responda. La pregunta.* —Me concentré en esa mancha en el suelo, como si pudiera prenderla fuego si la miraba con la intensidad suficiente.

—Jug, ya sabes dónde está. Incluso si no quieres admitirlo.

Finalmente, *finalmente*, levanté la mirada. El rostro del señor Andrews se había contraído por la tristeza y el arrepentimiento. Sentí que el mío hacía lo mismo, mi frente y mandíbula, tensas.

—¿Así que es verdad, entonces? ¿Lo que dijo esa Serpiente?

—¿Serpiente? —El señor Andrews se inclinó con atención—. ¿Acaso alguien te ha amenazado?

Lo desestimé con un gesto.

—Está bien. Estoy bien. Pero dígame: lo que me dijeron sobre mi padre, ¿es verdad? —Me repasé la mejilla con el dorso de la mano. Me negaba a derramar una sola lágrima—. ¿Es una Serpiente de nuevo?

El color abandonó el rostro del señor Andrews, mostrando todo lo que yo necesitaba saber. Pero respondió:

—Es una Serpiente de nuevo —asintió con suavidad—. Pero no solo *una* Serpiente. Jughead. —Una vez más, intentó tomar mi mano, y una vez más, la retiré—. Jug, él es *la* Serpiente. Él es el líder.

Cam:

El águila ha aterrizado. La costa está despejada.

Nick:

Eh, ¿QUÉ demonios significa eso? ¿Estamos hablando con ese estúpido código militar otra vez?

Annie:

Está intentando ser modesta… Ronnie está acabada. Se ha marchado a Barneys después de nuestro primer mensaje. Algo sobre un encargo para Grace.

Cam:

Ufff, GRACE, por supuesto. Como si se trataran por el nombre. Es decir, MI madre es la mejor amiga de Anna Wintour y no me escuchas a MÍ llamarla Anna como si fuéramos amigas. Eso se llama tener CLASE. Ella podría intentar tenerla.

Annie:

Su padre es Hiram Lodge. Creo que todos sabemos de dónde toma Veronica sus ideas sobre lo que es tener clase. Y, en cualquier caso, está a punto de tener una abrupta vuelta a la realidad. Mi madre dice que las noticias sobre la operación Ponzi de su padre acaban de llegar al Post en línea.

Nick:

Pero ¿tendrán alguna consecuencia? Ese hombre es de acero. El único criminal de guante blanco del que he escuchado que tenga posibles conexiones con la mafia. Es como si él fuera todos los supervillanos en uno.

Annie:

Según el Post, está muy complicado. Incluso los supervillanos tienen su kriptonita. E incluso los gatos más rápidos solo tienen siete vidas.

Cam:

Ja, buen apunte. Pobre Veronica. Su vida está a punto de estallar. Casi siento pena por ella. Esperad, no, definitivamente no.

Annie:

Auch, Cameron. Eres fría como la piedra.

Cam:

Ay, por favor. ¿Os olvidáis de la vez en la que «accidentalmente» me pidió una talla XXL para nuestra presentación y fingió que realmente pensaba que esa era mi talla? Me entregó la ropa delante de todo el equipo e hizo una gran actuación sobre cómo, sin querer, había «evaluado erróneamente mi tipo de cuerpo».
¿Qué mierda fue eso?

Nop, no me olvidé. Solo estaba recordando la vez en la que se arrojó sobre Tommy Whitmore tres segundos después de que yo confesara estar enamorada de él. No estaba diciendo que ser «fría como la piedra» fuera algo malo. #Respeto, amiga.

Cam:

¿Y a ti qué te ha hecho, Nicky? Ya que estamos presentando nuestras quejas.

Nick:

Bueno, nada, en realidad. Nada importante. Nada que no les haya hecho a otros. Pero no ha hecho nada POR mí… o CONMIGO… si me entendéis. Y, ya sabéis, no me interesa.

Cam:

¿Entonces que ella no haga nada contigo es tu queja más grande? Ufff, eres un cerdo. ¿Por qué siquiera me sorprendo?

Annie:

¿Quién puede estar en Barneys en diez minutos? Se va a crear un gran revuelo y, yo, personalmente, quiero todos los detalles.

Cam:

Ya estoy en eso, queridos… estaré allí en unos minutos. Al parecer acaban de renovar los zapatos de tacón. Esta mañana han descargado unos stilettos increíbles. Si espiar a V es mezquino, entonces comprarme algo es un necesario cuidado personal.

Annie:

Tú, mi amiga, eres lo último de la clase refinada.

Cam:

No lo olvides.

15

VERONICA

Holly Golightly tenía una teoría sobre la terapia de compras (aunque en su caso, por supuesto, solo consistía en mirar los escaparates). Ella decía que la única cura para el malhumor era visitar Tiffany's. Calma esos «días rojos» enseguida, en el momento. «Nada malo podría suceder allí», eso decía Holly sobre Tiffany's. Y entiendo a lo que se refería. Excepto que para mí es Barneys.

Apenas había tenido tiempo para beber el café que había comprado en Lalo antes de tener que llamar un Uber para ir a Barneys.

(*Lo sé.* Un *Uber.* Como si fuera una especie de campesina. Pero mi madre necesitaba el nuestro —y a Andre— para ella, y no discutiría, no sabiendo lo ocupada que estaba. Sí, es verdad; Veronica Lodge es una verdadera mártir).

Bueno, si Holly Golightly podía «subirse a un taxi» y dirigirse a Tiffany's, yo podría hacer lo mismo para ir a Barneys. En su caso era terapia. En el mío era más que eso, era mi trabajo. Pero eso no significaba que no fuera también terapéutico.

«La calma y su apariencia orgullosa». Eso era lo que a Holly le parecía tan tranquilizador sobre Tiffany's. Y sí, Barneys posee esa apariencia orgullosa, el icónico toldo rojo, los escaparates de Simon Doonan que elevaron el listón de estética de tiendas de todo el mundo. Todo era de mármol blanco una vez que atravesabas la simetría de las puertas enmarcadas en negro, unos sillones rojo brillante delimitaban los sectores de descanso perfectamente espaciados para los exhaustos consumidores de alta gama. Era un triunfo de la geometría, y un verdadero paraíso de lujo. El hecho de que tenga que venir aquí y llamarlo «trabajo» es la cobertura en la tarta de Momofuku Milk Bar. (Tarta de cumpleaños, por supuesto. Siempre tarta de cumpleaños. Y una o dos trufas de pastel, si estás intentando ganarte mi favor).

Abrí las puertas con un satisfactorio *siseo*, una promesa de que, dentro de este espacio, la vida exterior cesaba. Aquellos de nosotros que habíamos rasgado el velo majestuoso de ese lugar sagrado habíamos cruzado un umbral y asegurado con firmeza un lugar entre los *ricos*. Incluso el aroma de Barneys era un verdadero lujo: delicioso y caro y aromático. Madera lustrada y perfume. Unos maniquíes sin cara posaban como hípsters salidos del elenco de *La Naranja Mecánica*, envueltos en ropa de lana gruesa y cachemir cremoso a pesar del agobiante calor de mediados del verano. Aquí, las estaciones dejaban de existir, por supuesto. Aquí, todo era una utopía, siempre.

La vitrina de joyería me atraía —la nueva línea de dijes, con borla de Jennifer Meyer, tenía grabada «Noche de chicas en el Cielo»— pero esta visita no trataba de mí. (Ay, ¿a quién quería engañar? Podía, y *haría*, que se tratara de mí. Pero primero tenía que encargarme de mi tarea. Podía encargarme de esa sola responsabilidad).

La alta costura para mujeres se encontraba en el cuarto piso, así que me obligué a regañadientes a dejar atrás una exposición de tentadores y adornados *stilettos* y me dirigí hacia las escaleras. Elena, una de mis empleadas favoritas, estaba pasando justo en ese momento con un exhibidor de vestidos de seda de diversos colores que aletearon como alas de hada con el movimiento.

—¡Hola! —saludé con la mano—. *Querida*. Estoy corriendo porque tengo que llevarme algunas cosas para la revista, pero prométeme que me guardarás uno de esos para mí. Púrpura, por supuesto. —(*Es* el color de la realeza, después de todo).

Se detuvo en seco, pero de forma reticente.

—Ah, eh, estoy llevando estos a que los planchen… —tartamudeó, y su cara se volvió de un alarmante tono rosa—. La verdad es que no sé cuándo estarán disponibles.

Fruncí el ceño. Es decir, estaba bromeando en un cincuenta por ciento cuando le pedí que me guardara uno, después de todo. Pero incluso aunque lo hubiera dicho en serio, *¿ella* estaba bromeando? Todos saben cómo funcionan las cosas aquí: pido lo que quiero, y luego lo consigo.

Es realmente muy simple.

O al menos debería serlo.

Fingí no interpretar su tono.

—¡Genial! —exclamé—. Plancha primero el púrpura. Me lo puedes dejar en el mostrador. —Le dediqué mi sonrisa más brillante, la que estaba perfeccionada por tratamientos blanqueadores mensuales.

Se le tensó la mandíbula y los hombros le treparon hasta las orejas. Incluso mientras se alejaba de mí, podía leer su expresión a la perfección solo a través de su lenguaje corporal. Definitivamente algo estaba sucediendo.

Bueno, me olvidaría de ella. Su lenguaje corporal no me importaba en lo más mínimo.

Mi primer error fue preguntar, pensé, pisando la escalera con algo de indignación. ¿Qué me importaban sus hombros tensos y su estúpido corte recto de pelo, que estaba dos temporadas pasado de moda?

Nunca preguntes. Eso decía mi padre siempre. *Ordena.*

Le *ordenaría* que me entregara el vestido púrpura.

∿∿∿

Lucinda —el contacto personal de Grace en Barneys— me estaba esperando al final de las escaleras mecánicas junto a una funda enorme para ropa. Ascender a su encuentro por las escaleras mecánicas que subían parecía algo salido de una película de superhéroes. Su melena de rizos castaños rojizos estaba recogida y bien sujeta con un par de horquillas esmaltadas de color negro, que yo sabía muy bien que no habían sido hechos para ser utilizados como utensilios, y que, por cierto, valían más de lo que la mayoría gastaría en un plato exclusivo de pato al estilo pequinés en Mr. Chow. Su apariencia era fabulosa, llevaba un vaquero blanco de corte ancho y una camiseta corta de red color azul oscuro sobre un sujetador recto de lentejuelas rojas; poniéndose a tono para el Cuatro, supuse. Reconocí sus zapatos plásticos de plataforma del catálogo de primavera de Prada e hice una nota mental para conseguir un par para mí antes de regresar a casa esta tarde.

(En un color diferente. Un poco de individualidad siempre es bueno).

—¡Justo a tiempo! —exclamé, y salí con gracia del último tramo de la escalera mecánica—. Eso debe ser para su Señora de la Divina Gracia. —Es decir, nuestro sobrenombre personal para Grace en la oficina. (Nunca lo decíamos en su presencia, por supuesto, aunque no pensaba que le fuera a importar).

—Así es —asintió Lucinda, apartándose un instante para ordenar su pelo, y sus rizos se agitaron en todas las direcciones—.

Asegúrate de mantenerlo derecho en *todo momento*; es una mezcla de lino que es una pesadilla para planchar. —Parecía más seria de lo que el comentario demostraba, dado que estábamos hablando sobre el cuidado y mantenimiento de una prenda de ropa. Una prenda excesivamente cara, seguro, pero aun así.

Me invadió un sentimiento extraño. Como ese que siente uno cuando entra en una habitación y se da cuenta de que las personas reunidas allí están *justo* hablando de uno, y con seguridad diciendo cosas poco agradables. O la vibra de alguien que te mira con desprecio desde el otro lado de un auditorio repleto. Era la sensación de estar siendo... *observada*... y no bajo una luz positiva. Me provocó un cosquilleo en la piel, como una débil quemadura de sol. Cuando añadías eso a la forma extraña en la que Cam y Annie se habían comportado en Lalo, y la sensación que había percibido en el vestíbulo del Dakota esta mañana, la sensación escalaba de una quemadura leve a una exposición a la radiación.

Era un hecho: algo estaba sucediendo.

Decidí probar las aguas, evaluar exactamente cuán paranoica estaba siendo.

—¿Puedo echar un vistazo? —pregunté, y extendí la mano hacia la funda. Normalmente, eso no hubiera sido un problema; Veronica Lodge no solo sabe cómo manipular la ropa fina, sino que, como ya se ha establecido, Veronica Lodge también tiene una tendencia avasallante a obtener lo que quiere.

Pero no esta vez; Lucinda apartó la funda tan rápido que uno pensaría que *yo* era radioactiva. Su cara se contrajo en una mueca de desdén involuntaria:

—¡Detente!

Debí parecer conmocionada, porque Lucinda tardó un instante en recomponerse y lo intentó nuevamente.

—Es solo que… he pasado horas trabajando con esto esta mañana. Preferiría no arriesgarme a que se estropee antes de que llegue a las manos de Grace.

Chasqueé la lengua.

—¡Y yo pensaba que nuestra relación estaba basada en la confianza!

No fue el mejor argumento. Ahora me estaba mirando con el ceño fruncido, al parecer había llegado a su punto límite.

—Una Lodge hablando de *confianza* —siseó—. Qué adorable. Pero la respuesta todavía es *no*.

La sangre se agolpó en mis mejillas.

—¿Qué estás insinuando, Lucinda?

Resopló.

—Creo que lo sabes. A menos que aún estés jugando el juego de «negación plausible» en lo relacionado a tu querido padre.

Di un paso hacia ella.

—No debería tener que recordarte que mi *querido padre* es un cliente vip de este establecimiento. Así que harías bien en controlar tus palabras.

—Esconderte detrás de él ya no te salvará, Veronica —afirmó Lucinda. Durante un instante, casi pareció compadecerme—. El juego ha terminado, princesa.

Quería empujarla, llegar a su rostro y ocasionarle daño físico, real y duradero. Pero entre otras cosas, mi padre siempre me había aconsejado no dejar ni un rastro de evidencia. Así que, en cambio, respiré lo más profundamente que me fue posible. Después exigí hablar con su superior.

Lucinda se encogió de hombros.

—Como quieras. —Le dio unos golpecitos al bíper que tenía sujeto al bolsillo de su cadera—. Ya he hablado con ella. Está en camino.

Y en efecto, segundos más tarde, llegó una gerente. Era alguien que no conocía, lo que ya me resultó inusual... pensé que conocía a *todos* los empleados de Barneys. También inusual: el hecho de que me estaba mirando de arriba abajo como si fuera una criatura de zoológico, algo subhumano que tuviera que ser contemplado a través de un cristal o de barrotes, en el mejor de los casos.

—Señorita Lodge —comenzó a decir la mujer—. Me llamo Tamsin Payne...

—Por favor. Como si me importara —la interrumpí—. Más importante que su nombre es que les enseñe a sus empleados cómo tratar a sus clientes más valiosos. Lucinda estaba teniendo una actitud un tanto irrespetuosa conmigo.

—*Mmm.* —Tamsin Payne (un nombre seguramente inventado por esta pueblerina) no pareció muy impresionada por las noticias. Se quitó del hombro la cortina de pelo negro azabache—. Para ser honesta, señorita Lodge —dijo—. He estado observándola desde que ha entrado en la tienda...

Cuando mencionó que me había estado vigilando, me giré para buscar las cámaras ocultas que sabía que estaban allí, pero que también sabía que nunca encontraría.

—Eso es ilegal, ¿sabe? —La fulminé con la mirada, sin saber si eso era verdad, pero sospechando que probablemente no lo fuera. Pero eso ella no lo sabía. «La intimidación es setenta por ciento fanfarroneo», decía siempre mi padre. Muéstrate con autoridad y la gente creerá cualquier cosa que estés vendiendo (metafóricamente).

Excepto que ahora no parecía estar funcionando. Tamsin sostuvo en alto una mano para interrumpirme.

—La observé desde que entró a la tienda y, sinceramente, ha sido usted quien ha sido maleducada e irrespetuosa con mis empleados. Eso no es apropiado para una clienta de Barneys, y no es aceptable.

—¿De qué está *hablando*? —exploté—. Apenas me he cruzado con alguien desde que he entrado, y mucho menos he entablado una conversación. —Pensé durante un instante—. Espere, ¿es esto porque le pedí a Elena que me guardara uno de esos vestidos de seda? No veo por qué eso es un problema. En general puedo escoger antes que nadie de las nuevas colecciones. Esto es inédito.

—Hay una primera vez para todo —respondió.

—Qué *absurdo* —solté—. ¡Es acoso! Se lo aseguro, cuando mi padre se entere de esto, habrá consecuencias.

—Aunque usted no lo crea, señorita Lodge, no estoy demasiado preocupada por su padre y lo que tenga para decir sobre esto. Tengo la sensación de que estará… bueno, digamos que estará *ocupado en otras cosas*, y muy pronto.

—¿Qué es esto? ¿*Difamación*? —No pude evitarlo, mi voz se elevó. Los clientes habían comenzado a formar un pequeño grupo alrededor de nosotras, morbosamente curiosos. Dios, ¿una diva engreída de instituto privado siendo regañada en una tienda ícono de Nueva York? Es probable que este fuera el mejor chismorreo de estas amas de casa florero vestidas con ropa deportiva y lujosa.

—Señorita Lodge, está montando una escena.

—¿*Yo* estoy haciendo una escena? Me están tratando como a una… como a una… bueno, ¡definitivamente no como a la clienta valorada que soy! Ni siquiera han *empezado* a ver la clase de escena que soy capaz de montar, créanme. Esto es inaceptable.

—Estoy de acuerdo —asintió la gerente con calma. Su pelo caía más allá de sus hombros con un brillo suave y liso. Su vestimenta era inmaculada y tenía poco maquillaje, pero estaba aplicado de manera experta. Todo acerca de ella gritaba «control» y «compostura».

Mientras que yo me había desatado. Tenía que volver a poner la situación bajo control.

—Esto debe ser todo un malentendido —ofrecí, calmando las aguas. Aún no estaba segura de qué había sucedido, o cómo, pero deseaba bajarle el tono a la situación, y pronto.

—Estoy segura de que es así —respondió la gerente—. Se lo puede explicar todo al equipo de seguridad. La acompañarán a una de las oficinas del fondo donde podrán hablar en privado.

—¿Equipo de seguridad? ¿Qué? —La tienda comenzó a dar vueltas, y escuché un chirrido en mis oídos. De pronto, me di cuenta de que estaba tomando respiraciones muy superficiales, como pequeños sorbos de agua. ¿Era esto un ataque de ansiedad? Supongo que el beneficio de ser una Lodge significaba nunca haber tenido que experimentar algo como eso antes. La tienda comenzó a volverse borrosa. Noté que algunos de los mirones que se habían reunido tenían sus teléfonos en alto y se estaban asegurando de captar cada segundo de esta humillación.

—Ya lo he llamado —informó, y vi que lo había hecho; allí estaban: dos hombres musculosos vestidos discretamente de negro que llevaban auriculares enmarcando sus robustas mandíbulas. Entendí de manera inmediata que estos hombres *no* eran ninguna clase de broma.

—No lo entiendo —admití, y mi voz sonó muy débil y lejana—. ¿Qué...? ¿Cómo ha sucedido esto? —Hoy había entrado a Barneys como lo hacía todos los días; ¿dónde había dado el paso en falso? Se me llenaron los ojos de lágrimas ardientes. ¿Cómo les explicaría esto a mis padres? ¿Ser interrogada por seguridad como una delincuente común? ¿Cómo saldría de esto?

Porque una cosa se volvió muy evidente de pronto: cualquier poder que pensaba que tenía aquí, cualquier influencia que percibía que tenía… había desaparecido. Por completo. Y al mirar a los hombres musculosos que formaron un muro delante de mí, me di cuenta de que ya no volvería a tener ninguno de esos atributos.

—Iré… iré con vosotros —tartamudeé con reticencia—. Para hablar. Pero tendré que llamar a mi padre. Y a su abogado. De inmediato.

El más bajo de los dos guardias dio un paso adelante y colocó una mano firme en mi codo. No fue rudo, pero definitivamente tampoco suave.

—¡Más cuidado! —exclamé, pero con mucho menos veneno de lo usual.

—Haremos lo posible por comunicarnos con su padre y su abogado, señorita Lodge —informó Tamsin con dulzura—. Tengo que advertirle, sin embargo, que es probable que ambos estén ocupados en otra cosa ahora mismo.

—¿Qué podría saber usted del abogado de mi padre?

En serio, ¿el qué?

—Señorita Lodge… bueno, supongo que no ha visto el *Post* hoy. En línea. El artículo en la sección «Page Six».

Antes de que pudiera responder, los guardias me guiaron más allá del creciente círculo de teléfonos y me condujeron por un pasillo largo, y mi visión se centró en las puertas dobles que había delante mientras mis pensamientos se agolpaban uno detrás de otro.

Durante toda mi vida, había habido algo, un conocimiento secreto de lo que significaba ser una princesa consentida y malcriada, la percepción tácita de que en algún lugar había una sombra. Y que algún día, de alguna manera, esa sombra se haría presente. Un momento de ajuste de cuentas, incluso aunque no estaba segura de *cuál* era el motivo.

¿Había llegado ese momento finalmente?

«A la mayoría de los reyes se les corta la cabeza». Era una cita de una obra de Basquiat que había visto la primavera pasada en una muestra retrospectiva en el Whitney. En ese momento, me había parecido algo sinsentido, extravagante. Pero ahora mismo, y frente a la posibilidad de que mi padre no pudiera ayudarme, me pareció totalmente profético.

A una princesa también le podían cortar la cabeza.

Cuanto más alto están, más dura es la caída. Ese era otro dicho, ¿verdad? ¿Alguna canción de rap con la que había bailado en 1 Oak, en el primer curso?

Las puertas dobles se abrieron con un hipo neumático y luego mi mente quedó en blanco durante un instante.

PRIMICIA DE *TMZ*:

¡Para un VÍDEO EXCLUSIVO de cómo la chica del Uptown VERONICA LODGE es escoltada por seguridad en Barneys! ¿Qué dirá papi? ¿O está demasiado ocupado con sus propios escándalos?

VOTEN:

¿MERECE Veronica Lodge que le bajen un poco los humos? SÍ / NO

SÍ, ¡Hay que hundir a la perra! **81%**

NO, los parecidos se atraen, así que mantendré mi energía limpia y pura, muchas gracias. **15%**

¿QUIÉN ES VERONICA LODGE Y POR QUÉ DEBERÍA IMPORTARME? **4%**

16

ARCHIE

Una forma infalible de combatir cualquier idea de que tu padre está teniéndote como favorito en el trabajo es ser el chico de los recados de todos, básicamente un lacayo glorificado. No es que me molestara, ya que significaba una pausa en el vertido de cemento, y en general mi padre me dejaba conducir su camioneta para encargos rápidos. Quizás no fuera cien por ciento legal, pero nadie aquí le objetaría eso a Fred Andrews. El sheriff Keller y mi padre bebían juntos, por Dios. Y yo siempre era muy cuidadoso en la carretera. Esa era mi pintura: Archie Andrews, ciudadano ejemplar. A veces me preguntaba si ese sería el epitafio que grabarían en mi lápida.

No era una sorpresa que hubiera estado buscando un poco de emoción, algo nuevo, cuando apareció Geraldine y despertó ese lado creativo que nunca había pensado que estaba en mí.

De todas las cosas, nos estábamos quedando cortos de aislante de fibra de vidrio, un material que era muy difícil que mi padre se olvidara de comprar y eso solo probaba mi teoría de que él tenía su mente tan ocupada como la mía, o más. Lenny me entregó un papel con las especificaciones exactas de lo que necesitaríamos y salí. «No te distraigas», me había advertido, como si pasear por la ferretería en Main fuera una fiesta para mí. «Volveré rápido», le había prometido. Planeaba hacerlo.

El viaje hacia el centro me recordó a aquella primera vez con Geraldine, bueno, en ese entonces ella todavía era la señorita Grundy para mí. La primera vez que ella fue una mujer y yo un hombre en lugar de un estudiante y su profesora. Yo caminando al lado de la carretera, asándome en mi camiseta bajo el sol del verano. Ella deteniendo ese adorable y pequeño escarabajo que decía mucho más sobre su personalidad de lo que hubiera adivinado teniendo en cuenta solo sus clases de música. Esas gafas con forma de corazón que la hacían ver menos como una profesora y más como alguien que... bueno, más como alguien que era correcto para mí.

Lo que era cierto, pero tampoco completamente cierto.

Habían pasado solo unas pocas semanas desde aquel día trascendental, pero todo —¡todo!— parecía diferente.

Casi todas las diferencias eran buenas.

No, la mayoría de ellas eran *geniales*.

Como Lenny predijo, no necesité mucho tiempo para encontrar el aislante que necesitaba en la ferretería. Compré el doble de lo que mi padre había pedido, por las dudas. Me alegraba ser un cliente fácil; Dilton Doiley estaba allí con su uniforme completo de Scout Aventurero, insistiéndole al empleado para que le vendiera municiones para su pistola de aire comprimido. El empleado se estaba negando, aun cuando Dilton le había entregado una nota firmada por su padre, como si estuviéramos en primaria o algo así. Excepto que las únicas armas con las que yo había jugado en el instituto eran pistolas de agua, y esas nunca requirieron un permiso especial.

—Es un modelo estándar para scouts —estaba diciendo Dilton, con su mandíbula tan apretada que pensé que su cabeza explotaría.

—Entonces, regresa con un jefe de tropa real. Uno que tenga más de dieciocho —soltó el empleado por encima de los intentos de protestar de Dilton—. El claro junto a la caleta Striker es bastante seguro —continuó el empleado—. El mayor peligro que corréis allí es ahogarse. Pero bueno, supongo que ya lo sabes, ya que eres un verdadero scout y todo eso.

Dilton lo fulminó con la mirada, pero no respondió.

—No deberíais necesitar armas. Los osos se mantendrán alejados siempre y cuando protejáis la comida.

—Por supuesto que lo haremos.

—Bueno, bien, entonces. No tienes nada de qué preocuparte —aseguró el empleado—. Si llevas un arma allí contigo, lo más probable es que termines hiriéndote a ti mismo o a uno de los tuyos. No debería tener que estar diciéndote esto, hijo.

—Gracias por el sermón —refunfuñó Dilton. Metió su cartera en el bolsillo trasero—. Recuérdame no volver a este lugar. Ya se me ocurrirá una forma de conseguir lo que quiero en otra tienda. —Se retiró dando zancadas.

—¡Espero que no! —exclamó el empleado con alegría. Se dirigió a mí—: Ese chico está muy tenso. Una razón más por la que no debería tener un arma.

—Sí —respondí de manera evasiva, no queriendo involucrarme. Dilton Doiley y sus scouts no me preocupaban… excepto por el hecho de que, al parecer, estarían acampando en la caleta Striker esta noche.

Por lo tanto, Geraldine y yo tendríamos que encontrar un claro más alejado de ellos para que no hubiera posibilidad de que nos vieran.

No era un problema insoluble, pero era una molestia nueva, y era en lo único en lo que estaba pensando mientras me retiraba de la tienda, después de haber saludado vagamente al empleado para no parecer maleducado.

Estaba tan ensimismado en mis pensamientos que me topé directamente con Valerie Brown, una tercera parte de Josie y las Pussycats. Ella también parecía muy ocupada, encorvada sobre su teléfono y entrecerrando los ojos hacia la pantalla.

—Cuidado —dije, y retrocedí tan rápido como pude—. Lo siento. No quise pisarte.

—¿Qué? No, ha sido mi culpa —admitió, su voz suave. Sus ojos tenían un color castaño que cambiaba de tono cuando la luz del sol jugueteaba en su rostro—. Enviar mensajes y caminar, una mala elección. No tengo la coordinación suficiente para eso.

—¿Qué te pasa? Pareces un poco... seria —remarqué—. Bueno, no quiero entrometerme. —No conocía tan bien a Val, pero tenía un gran respeto por sus habilidades musicales, más ahora que estaba comenzando a tocar música por mi cuenta. O, ya sabes, intentando hacerlo.

Se encogió de hombros.

—Algo estúpido. Drama en el grupo. O tal vez ni siquiera eso, no lo sé. Solo estamos creando nuestra lista de canciones, y haciendo planes para esta noche...

—Espera, ¿vosotros no os vais temprano a casa y bebéis té con limón la noche anterior a un recital para estar frescas y descansadas?

Val estalló en risas.

—Esas *definitivamente* no son las Pussycats. Nos gusta rugir, ya sabes, sacar las «garras». Es la mejor forma que conozco de calmar los nervios antes del espectáculo.

—¿Mejor que esa antigua técnica de imaginarse a la audiencia en ropa interior?

Me lanzó una mirada.

—Archie, no creo que nadie haga eso en verdad. —Y era probable que tuviera razón, pero después hubo una pausa incómoda durante la cual, estoy seguro, los dos nos quedamos pensando en la ropa interior del otro, a pesar de que *realmente* no queríamos hacerlo.

—Espera —comenzó a decir, y casi solté una disculpa por haber tenido un pensamiento involuntario, pero antes de poder hacerlo, ella señaló algo con el dedo y aclaró qué era lo que le había llamado la atención—. Qué raro.

Necesité un segundo para ver lo que ella estaba señalando, porque eran dos siluetas a una calle de distancia, parcialmente ocultas por un gran roble.

—¿No es ese… el padre de Jughead? Es una Serpiente, ¿verdad? —preguntó Val.

—F. P. no es una Serpiente —la corregí—. Es decir, sí, técnicamente. Pero solo de nombre. Atravesó tiempos difíciles, pero lo arreglé. Ahora está trabajando para mi padre, sabes.

Val me miró.

—Archie —señaló—, si F. P. Jones está trabajando para tu padre, entonces, ¿por qué, ya sabes… *no está trabajando para tu padre*?

—Yo… —No sabía qué decir. La conversación que mi padre y yo habíamos mantenido en el almuerzo regresó a mí como la voz en *off* de una película cursi; él estaba contento de que me quedara en la casa de Jughead porque… nunca explicó el porqué.

Nunca lo explicó porque no quería admitir qué había sucedido realmente entre él y F. P. No quería admitir que F. P. *no* había cambiado, no se había separado de Las Serpientes como le había hecho creer a Jughead.

—Soy un idiota —dije, y el peso del asunto me dolió como un puñetazo.

Val apoyó una mano en mi brazo. Su piel era sorprendentemente suave.

—No eres un idiota. Solo prefieres darle a la gente el beneficio de la duda. Sinceramente, es algo bueno. Y raro en estos días.

Me sorprendió lo agradable que estaba siendo, las cosas amables que estaba diciendo sobre mí. Todos sabían que las Pussycats eran feroces, con talento y muy guapas, pero nunca me había tomado un segundo para *apreciar* a Val.

Pero ahora, no podía evitarlo. Estaba justo delante de mí. Y era... agradable.

—¿Piensas que Jughead sabe la verdad sobre su padre? —preguntó.

Sacudí la cabeza.

—Lo dudo. —Y *la verdad* es que lo dudaba, pero no podía estar seguro. Porque ya no pasábamos tiempo juntos. Por Geraldine.

¿Y todo se resumía a ella, verdad? Geraldine. Aquí estaba Val. Allí estaba F. P. y Jughead estaba por allí, en algún lugar, y era probable que necesitara un amigo. Pero yo tenía... planes. Y sin importar cuánto me gustara pensar en mí mismo como un buen chico, esos planes eran mi prioridad.

El teléfono de Val volvió a sonar y rompió el hechizo momentáneo entre nosotros. Le echó un vistazo y luego suspiró.

—Reggie Mantle es demasiado insistente —gruñó.

Pensé en los mensajes que Reggie me había enviado antes.

—Eso es una forma sutil de decirlo. —Reí.

—Quiere que demos un recital en Nueva York —comentó—. Mañana. Después de tocar en la alcaldía.

—¿Qué? ¡Eso es increíble! —No pude evitarlo, extendí los brazos y la sujeté por los hombros—. ¡Tenéis que hacerlo! ¡La ciudad... es un sueño!

—Lo sé. Pero no estoy segura de que sea el sueño de Josie.
—Se encogió de hombros—. Tiene algunos problemas con su
padre.

El padre de Josie era un músico de jazz famoso que dominaba
la escena musical de Nueva York por mérito propio. Uno pensaría
que eso haría que Josie estuviera *más* nerviosa por probarse en esa
ciudad.

Pero allí estaba F. P., mintiéndole a Jughead sobre cómo pasaba
sus días. Y mi padre, ocultándome la verdad de su asociación con
F. P.; supongo que todos tenemos problemas con nuestros padres.
Nadie sabe qué sucede en la mente de otras personas. Yo no tenía
derecho a opinar sobre las decisiones de Josie.

Agarré a Val por la muñeca y la miré a los ojos.

—Bueno —dije—. Espero que todo salga bien para ti. Pero, ya
sabes, todas tenéis mucho talento. Esta no será vuestra única oportunidad.

Parpadeó. Sus pestañas eran tupidas como las de un personaje
de anime.

—Gracias, Andrews. Es muy dulce de tu parte. Espero que
vengas al espectáculo mañana.

—Por supuesto —respondí de manera automática. Después
recordé mis planes con Geraldine. En realidad, no sabía cuánto
duraría nuestra cita. Solo sabía que yo nunca sería el que la inte-
rrumpiera—. Lo intentaré.

Lo intentaré. Parecía ser mi nuevo mantra. Pero ¿era suficiente?

De: HLodge@IndustriasLodge.net
Para: Fred@ConstruccionesAndrews.com
Re: Viejo amigo

Hola, Fred:

Supongo que es cliché decir «ha pasado mucho tiempo», pero ¿qué dices, en cambio, cuando eso es verdad? De todas formas, espero que estés bien, y que te alegres de tener noticas mías a pesar de nuestro... bueno, nuestro pasado complicado.

Desearía poder decir que este es solo un saludo amistoso; puedo escucharte ahora, diciendo que siempre hay otro motivo cuando se trata de los Lodge. Y desgraciadamente, en este caso, es la verdad. Ya sabes, volveré a la ciudad pronto. Muy pronto, si los rumores de la élite de Manhattan son ciertos. (Siempre hay rumores; es su veracidad lo que requiere un escrutinio cuidadoso).

Hiram, tal como siempre sospechaste que sería. Supongo que no siempre fue tan cuidadoso como aseguraba estar siendo. Y sí, puedes decir: «Te lo dije», si prometes no alardear demasiado.

No hace falta decir que probablemente él se mantenga fuera de escena durante un tiempo. No necesito decir más que eso, ¿verdad? En cuyo caso hay una buena oportunidad de que me encuentre pisando de nuevo antiguas tierras, *nuestras* antiguas tierras. Riverdale. Estoy segura de que tienes algo para decir al respecto.

Hay muchas cosas que podría decirte que necesitaré: un trabajo, una fuente de ingresos, algunos chicos de la edad de mi hija que le muestren cómo funciona todo en el instituto Riverdale. (Aunque, seamos honestos, probablemente esté controlando el instituto en una semana, ¿a quién quiero engañar?). Y supongo que estoy haciendo eso, pidiendo esas cosas de forma indirecta.

Pero más que nada, lo que me encantaría tener —incluso si no la merezco, en realidad— es tu amistad. Espero que después de todo este tiempo, después de todo lo sucedido... Bueno, la verdad es que espero que no sea mucho pedir.

Con amor,
Hermione

[Borrar]

PARTE III: NOCHE

17

BETTY

Querido diario:

Finalmente, *finalmente*, Cleo y Rebecca se fueron a casa. Yo siempre pensaba que el día laboral terminaba a las 5 p. m. Pero el ciclo de noticias de un blog nunca termina en realidad, así que, aunque parezca increíble, eso fue bastante temprano para ellas. Rebecca debió haber pensado que estaba loca por quedarme, o quizás las dos pensaron que estaba siendo aduladora, que buscaba demostrar algo.

—Es un *día de fiesta*, Betty —subrayó Rebecca, como si ella no acabara de pasar la tarde entera colgando artículos sobre tendencias de esmaltes de uñas y lo último en decoración de hogares como cualquier otro día de la semana—. Y cuando dije que olvidaría lo del armario y te daría otra oportunidad, lo decía en serio. No tienes que quedarte toda la noche para demostrarme nada.

—Gracias —respondí, sintiendo una mezcla extraña de gratitud porque estuviera siendo amable y furia porque alguien me hubiera tendido una trampa en primer lugar.

—¿Qué, no tienes planes? —preguntó Cleo con un tono de falsa preocupación. Como si estuviera segura de que no los tenía y quisiera hacérselo saber también a Rebecca. Pobre triste y

199

anticuada Betty de la atrasada ciudad de Riverdale, sin amigos geniales en L. A.

Tenía que ser *ella* quien me hubiera tendido la trampa. Sin duda. Pero todo iba bien ahora. Porque lo probaría.

Le lancé una sonrisita engreída a Cleo.

—Tengo una cena —les conté—, pero mi cita está terminando de hacer algunas cosas. Estará aquí muy pronto. No hay problema. Iros vosotras. Yo cerraré. —Cleo probablemente pensó que estaba inventando todo. Una vez más: no me importaba.

—Gracias, Betty. Lamento que la chica Lodge haya sido tan difícil de rastrear. Aprecio mucho el perfil que has preparado. —Al menos finalmente parecía estar bien con Rebecca, a pesar de lo que había ocurrido.

—Gracias. Estoy para lo que me necesitéis. —Las saludé a las dos con la mano—. ¡Qué tengáis una muy buena celebración!

—Tú también —dijo Rebecca, mientras Cleo soltó un susurro más evasivo, espléndida en sus zapatos Charlotte Olympia de plataforma. (¿Ves? La Betty de L. A. estaba aprendiendo *algunas* cosas).

Cuando se fueron inicié el cronómetro de mi teléfono para que contara diez minutos. Supuse que ese era un lapso de tiempo suficientemente seguro. A medida que los números corrían, caminé de un lado al otro por la oficina, me detuve para enderezar un libro en un estante organizado por colores y coloqué con más cuidado una exposición de revistas.

Conté el número de manzanas verdes que había en el tazón de frutas de la cocina (seis) y el número de rojas (tres) y pasé algunos minutos preguntándome si esa era la proporción habitual que teníamos o si la gente solo prefería las rojas por encima de las verdes. Después me pregunté por qué estaba perdiendo el tiempo considerando esa cuestión.

Cuando el cronómetro de mi teléfono finalmente sonó, fue como si hubiera estallado una bomba en mi estómago. Y lo digo en el buen sentido, lo prometo. Di un saltito y apagué la alarma para que la oficina volviera a estar tranquila y en silencio. Lo único que podía escuchar era el sonido de mi propia respiración.

Todos esos años leyendo historias de Nancy Drew como si fueran libros de texto no habían sido en vano. Sí, no había tenido la oportunidad de revisar el teléfono de Cleo (lo cuida más que lo que la mayoría de las personas cuida sus números de seguridad social). Pero cuando le estaba haciendo fotografías a su escritorio más temprano, había logrado ver algo, casi involuntariamente...

Sus credenciales de empleada.

En el momento, me había parecido casi inútil. Genial, ¿qué haría, registrar su entrada y salida del edificio? Eso sería útil si estuviera intentando incriminarla por algo, pero ese no era el plan —por ahora, al menos—.

Pero cuando llegué a mi escritorio una media hora más tarde, se me ocurrió. Un mejor uso para las credenciales.

«Asegúrate de registrar tu salida antes de irte», me había dicho Rebecca, mientras yo escribía lentamente y en vano la no historia sobre Veronica Lodge. «De lo contrario no podrás conectarte de forma remota y terminar el artículo más tarde, si necesitas hacerlo».

«Sip», respondí distraídamente, en piloto automático, todavía decidida a escribir un perfil emocionante de la nada. Pero después el impacto completo de sus palabras me asaltó:

Nuestra oficina estaba compuesta en su mayoría por trabajadores *freelance*, temporales, becarios... empleados nómadas que no tenían un espacio fijo en la oficina. A diferencia de Rebecca, quien, por supuesto, tenía su propio despacho, nosotros quedábamos relegados a jugar el juego de la silla en los numerosos escritorios «flotantes» que había desperdigados por la planta. Eso significaba que, para asegurar nuestra información, cada uno de nosotros tenía que iniciar sesión en los ordenadores si queríamos utilizarlos.

Y nuestro código de acceso estaba impreso en nuestras credenciales.

Yo tenía las credenciales de empleada de Cleo, es decir, tenía acceso a todo su historial en línea en *Hello Giggles*.

¿Respetuosa? No demasiado. Pero sería justo pagarle con la misma moneda.

Revisé mi teléfono: 5:20 p. m. Brad estaría aquí pronto. Pero yo podía trabajar rápido. Solo necesité presionar algunas teclas para entrar al sistema de Cleo. Su pantalla me dio la bienvenida con un «hola».

(Ahora que lo pensaba, era la bienvenida más cálida que había recibido desde que había entrado en *Hello Giggles*. ¿Cómo de lamentable era eso?).

Sus archivos eran un caos, un revoltijo de ideas de artículos a medio terminar que yo sabía, por haber estado en las reuniones editoriales, que nunca se había molestado en presentar. Su escritorio pintaba una imagen distinta de la chica pulcra y compuesta que me imaginaba que era. Esta Cleo era una frustrada aspirante a escritora, atrapada detrás de la recepción de la misma manera que yo con mis tareas de archivo.

Para ser sincera, en un universo alternativo, podríamos haber sido amigas. Podríamos haber sido aliadas. Pero algunas personas no buscan eso. Si esto fuera un *reality show*, Cleo sería la que diría que no vino aquí para hacer amigos.

Lo cual estaba bien. No los había hecho. Qué lástima por ella.

Si sus archivos me decían que era una escritora frustrada, sus e-mails me indicaban que solo anhelaba escalar socialmente, pero que no podía encontrar un punto de apoyo sólido. Muchas idas y vueltas con Rebecca sobre un evento futuro para… ¡Toni Morrison!

Cleo tenía buenas ideas para el evento: conocía a un proveedor de comida que les había pasado un precio justo, se había comunicado con los organizadores del salón de eventos y había sido muy profesional con el editor y los publicistas de Toni Morrison. Odiaba admitirlo, pero estaba organizando todo como una profesional. (Quiero decir, *realmente* odiaba admitirlo. Sentía que ese evento debería haber sido mío).

Pero entonces, enterrada bajo diez e-mails, en un hilo de varias personas de rangos jerárquicos, vi la oración:

¿Betty Cooper como responsable local de la agenda de la señora Morrison?

Escrita por la mismísima Rebecca. Parpadeé y leí la frase tres veces más, una vez en voz alta, para asegurarme.

Resulta que, de alguna forma, Rebecca me había valorado, incluso aunque no me lo hubiera hecho saber antes de hoy. Había visto lo interesada que me había mostrado por el proceso editorial y había notado que yo siempre tenía un libro de Toni Morrison debajo del brazo.

Anotación para la optimista vecina de al lado del pueblito retrógrado, pensé con satisfacción.

Bueno, ahora sabía por qué Cleo me tenía tanto resentimiento. Qué lástima por ella. En parte, sentía compasión (pero no *tanta*, dado lo desagradable que había sido conmigo durante todo el día por algo en lo que yo no tenía ninguna culpa. Soy Betty Cooper, la Vecina Amable de al Lado, no Betty Cooper, una Maldita Santa). Cleo era desagradable, seguro, pero era difícil seguir enfadada cuando de pronto sabía que tendría mi gran salto próximamente, ¡y la posibilidad de trabajar con mi escritora favorita!

Cerré la sesión de Cleo y agarré con rapidez mi teléfono para enviarle un mensaje a Polly. Sabía que estaría muy emocionada por mí. Pero antes de poder escribir las palabras, la puerta del frente sonó. Brad estaba aquí. A través de la puerta de cristal, vi que estaba sosteniendo un ramo de peonías, mis favoritas. Cuando lo vi, una sonrisa muy amplia se dibujó en mi cara. La Betty de L. A. estaba arrasando hoy.

Supuse que Polly podía esperar algunos minutos más.

∿∿∿

Dejé entrar a Brad y me lancé de forma impulsiva a darle un abrazo gigantesco, todavía sintiéndome llena de energía por la revelación de Toni Morrison. No se quejó, pero sí se apartó después de un minuto, riendo.

—¿Estás teniendo un buen día? —preguntó.

—El *mejor* de los días —aseguré. Y después me corregí—: Bueno, no el mejor día. He tenido algunos momentos. Bien está lo que bien termina. Y todo está terminando bastante bien. —Le dediqué una mirada de admiración.

—Me gusta cómo suena eso —dijo—. ¿Y bien? ¿Qué está sucediendo?

Lo sujeté de la muñeca y lo conduje al escritorio donde había estado trabajando durante todo el día.

—Bueno, ya sabes que literalmente me he estado muriendo de ganas de escribir algo serio.

—Lo sé. Pero no muriendo literalmente.

Enarqué una ceja.

—No tienes que corregir a una escritora sobre el uso correcto de «literal» y «figurado».

—Estabas utilizando la palabra «literalmente» en sentido figurado —bromeó, y me dedicó una sonrisa adorable que me hizo reír y besarlo—. La Betty de los buenos días es divertida —comentó, y me devolvió el beso.

—Claro, da igual. *En fin*, hoy de casualidad encontré a Rebecca evaluando unas muestras de decoración de interiores, y después de hablar un poco, me ofreció la posibilidad de escribir un artículo sobre el tema.

—¿Papel pintado temporal? —adivinó.

—Algo así. Pero tú eres tan L. A. que ni siquiera deberías saberlo.

—Tomaré eso como un cumplido. En fin, enséñame el artículo.

—¡No! Es decir, lo haré, podría hacerlo, pero lo importante es: ¿a quién le interesa un tonto artículo sobre tendencias de decoración de interiores? Porque lo que sucede es que, después de escribirlo, me asignó algo más grande, un perfil.

—¡Guau! ¿De quién?

Hice una mueca.

—De una chica cualquiera de la alta sociedad de Nueva York llamada Veronica Lodge. Sinceramente, nunca había escuchado hablar de ella.

Enarcó las cejas.

—¿Veronica Lodge? ¿No es la mejor amiga de Zendaya o algo así? ¿No fueron a bucear a Tulum juntas durante las vacaciones de primavera?

Le lancé una mirada.

—De nuevo: eres muy L. A. Pero tengo que admitirlo, me alegra que el nombre te resulte conocido. Es decir, es un artículo superficial, de chismes, pero…

—Pero es exactamente la clase de cosas superficiales que la gente quiere leer —completó.

—¡Exacto!

—Entonces, ¿puedo verlo?

—Sí. Pero tienes que prometerme que serás amable.

—¿Cuándo no soy amable? —preguntó.

—Buen punto. —Me mordí el labio—. Solo estoy nerviosa porque, bueno… además de que este es mi primer artículo importante, es uno difícil. Ella es imposible de contactar. Así que básicamente tuve que crearlo con fragmentos.

—Estoy seguro de que tus fragmentos son increíbles —aseguró, y agarró una silla y la colocó delante de la pantalla—. Ahora: menos cháchara y más lectura.

—Ufff. —Me estremecí—. Vale. —Inicié sesión en el sistema y entré en la base de datos donde se guardaban los artículos terminados.

Tap, tap, tap.

El estómago me dio un vuelco. Mi corazón dejó de latir. Se me secó la garganta.

—¿Cuál es, Betty? —preguntó Brad, confundido pero animado.

La sangre se me subió a las orejas como olas que rompían.

—¿Betty? —volvió a preguntar Brad, con menor seguridad ahora.

Mi voz sonó baja y tensa: una furia pura y controlada.

—No está aquí —respondí. Formé puños con las manos e ignoré el dolor de la piel rasgada de mis palmas.

Brad se sentó más derecho en la silla.

—No, eso es una locura. Por supuesto que está aquí. ¿A dónde podría haber ido?

Cerré los ojos.

—Lo han borrado.

—¿Qué? ¿Por qué? ¿Quién? —Brad se inclinó tanto que su nariz prácticamente tocó la pantalla, como si pudiera hacer reaparecer el archivo con la sola fuerza de la voluntad—. Eso es... Betty, esto es terrible. ¿Estás *segura* de que ha desaparecido?

Como respuesta, me incliné sobre el teclado y expandí la base de datos para que mostrara todos los archivos. Puse una búsqueda de mi artículo con el teclado.

No apareció nada, por supuesto.

—¿Quién haría eso? —preguntó Brad, desconcertado.

Lo ignoré, y los latidos de mi corazón se volvieron más y más intensos mientras buscaba con desesperación una copia de respaldo entre mis archivos personales.

Obviamente, no existía.

Obviamente, había estado tan estúpidamente emocionada por enviar mi primer artículo que había eliminado el original en cuanto lo había terminado. Nunca había contado con que *mi propia maldita compañera de trabajo me sabotearía*.

Un grito contenido escapó de mi boca y golpeé los puños contra el escritorio. Brad hizo una mueca, pero no me importó. La ira, la oscuridad, eran válidas y lo que es más importante, eran una parte de mí. Quizás era mejor que la viera ahora, cuanto antes. Si huía, que así fuera. Todo lo demás se estaba desmoronando, de todas maneras.

¿Cuántos minutos habían pasado desde que había cruzado la puerta con esas peonías? ¿Desde que había pensado que este era uno de mis mejores días en L. A.? Ni siquiera veinte. Ni siquiera quince. Todo había dado un giro de ciento ochenta grados.

Brad apoyó una mano en mi brazo. Con gentileza, pero de una manera que me hizo sentir como un caballo asustadizo al que estaba intentando calmar cuidadosamente.

—Está bien, Betty —dijo—. Es una mierda, pero sin importar lo que sea que haya sucedido...

—Alguien. Borró. El. Artículo.

—Sin importar lo que sea que haya sucedido —repitió—, eres escritora, eres una profesional. Lo puedes arreglar. Lo puedes escribir de nuevo. Las palabras siguen estando allí, surgieron de tu cerebro, después de todo. —Me dio unos golpecitos en la frente, intentando mostrar afecto, pero yo me aparté.

—¿Siguen estando aquí? Bueno, ¡quizás! ¡Pero no tienes idea de lo difícil que fue escribir esas palabras! ¡He estado persiguiendo a esta chica durante todo el día! Y aunque no lo creas, alguien de la oficina me ha fastidiado. Así que, no solo el artículo desapareció, sino que tengo una… ¿qué? ¿Una *archinémesis*? ¿Qué es esto, un cómic o una historia de superhéroes?

—El lado positivo —replicó, (¡Estaba esforzándose tanto!)—, el lado positivo es que tienes que haber sido una superheroína todopoderosa para haber atraído a una archinémesis tan malvada.

Suspiré y me crucé de brazos.

—Eso es exagerar demasiado el lado positivo. —Me desplomé en la silla junto a él y me giré para que quedáramos enfrentados.

—¿Y qué sucederá si tengo que posponer la cena? Para poder reescribir el artículo. Es solo que… es una oportunidad tan grande, y realmente no quiero decepcionar a Rebecca. —Después de todo, había que tener en cuenta el evento con Toni Morrison, entre otras cosas.

—Podemos transformarla en una cena de trabajo —sugirió—. Pediré pizza.

Casi me derretí, estaba siendo muy dulce.

—¿Y tú te quedarás sentado mientras yo escribo? No será divertido para ti.

Sostuvo en alto su teléfono.

—Tengo Two Dots. Y Netflix. Estaré bien.

Apoyé mi frente contra la de él.

—*De verdad* eres muy bueno. El mejor. Te compensaré.

Movió las cejas a modo de broma.

—Me gusta cómo suena eso.

—No seas grosero. —Lo señalé con el dedo—. Bueno, que seas un *poquito* grosero está bien. —Teniendo en cuenta que estaba a punto de ganar el premio a la Mejor Cita del Mundo.

Era suficiente para hacer que una chica se olvidara de cierto vecino pelirrojo que se encontraba a unos cinco mil kilómetros de distancia. (¿O quizás el simple hecho de pensar eso significaba que *no* lo había olvidado? Daba igual, no me aventuraría en esa línea de pensamiento).

Mi teléfono sonó. Eché un vistazo al mensaje entrante.

Y así de fácil, se me heló la sangre una vez más.

Un giro de ciento ochenta grados. Era esa clase de día, supongo. Un día donde todo podía cambiar en un instante. En un segundo. En un abrir y cerrar de ojos.

—¿Betty? Te estás convirtiendo en Hulk otra vez. ¿Qué sucede?

Giré hacia Brad, tensa.

—Era Rebecca —le informé, esforzándome por mantener la voz controlada—. No tengo que reescribir el artículo. Podremos salir a cenar después de todo.

Inclinó la cabeza con curiosidad.

—Y sin embargo, de alguna manera, ¿no eran esas las buenas noticias que esperabas?

—No tengo que reescribir el artículo —expliqué, tan calmada y contenida que mis órganos estaban temblando—, porque ha sido cancelado. No lo publicarán. No quieren un artículo sobre Veronica Lodge en este momento. Ha sido reemplazado por algo más grande.

Algo más grande que *yo* no escribiría.

—Ay, no. Betty, eso es una mierda —dijo Brad. Extendió el brazo para consolarme—. Pero aún hay un lado positivo, tú escribiste ese artículo sobre, ya sabes, el papel pintado temporal, y tu jefa está, creo, lista para comenzar a verte como escritora...

—¡NO ME DIGAS EL LADO POSITIVO! —exclamé con un grito, profundo, primitivo y tan fuerte que me sorprendí a mí misma.

Brad me lanzó una mirada y se apartó unos centímetros. Solo hizo que me enfadara aun más.

—¡Maldita sea! —Golpeé el escritorio con los puños otra vez y sentí cómo el teléfono se partía en mis manos—. ¡Mierda! —Arrojé el teléfono a través de la oficina con tanta fuerza como pude y observé cómo golpeaba la ventana y rebotaba contra el suelo.

—Betty. —Brad volvió a hablar con suavidad. Me sujetó de la mano, la que había estrellado el teléfono—. Estás sangrando.

Bajé la mirada. *Estaba* sangrando, unos riachuelos color rojo brillante estaban dibujando mapas en mi palma y goteando sobre mi escritorio como una salpicadura macabra.

—Hay un kit de primeros auxilios en la sala de descanso —dije atontada.

Brad vaciló.

—¿Estás segura? Pareces necesitar algunos puntos. Quizás deberíamos ir a emergencias solo para estar seguros.

—Estoy *bien*. —Al parecer, insistí lo suficiente como para que él no se molestara en sugerirlo de nuevo. Se puso de pie, tal vez para traer el kit de primeros auxilios. Pero primero alzó mi teléfono de donde había caído al otro lado de la oficina.

—Hay otro mensaje —anunció, mirándolo—. Tu hermana. ¿Quieres que... te lo lea?

—Como quieras —dije, demasiado agobiada para pensar en ello—. Nos hemos desencontrado durante todo el día. La llamaré mañana.

El día de hoy no había sido más que rápidos altibajos, un drama ridículo que superaba cualquier cosa que pudiera haber imaginado. Así que el mensaje de Polly, podría esperar.

Lo que sea que fuera, definitivamente tendría que esperar otro día.

C. Blossom:

El chico no está cooperando. Necesitaré que lleves a Jason al Whyte Wyrm esta noche.

[DESCONOCIDO]:

Puedo hacerlo… te costará un poco más.

C. Blossom:

¿Ha sido tu paga un problema alguna vez? Limítate a hacerlo.

∿∿∿

[DESCONOCIDO]:

Tengo un último paquete para ti. Encuéntrame en el Whyte Wyrm en 30.

Jason:

Ya hice la primera entrega y busqué el coche. ¿Por qué más ahora?

∿∿∿

[DESCONOCIDO]:

Whyte Wyrm en 30. Algo pasa, no sé qué puede ser. Prepárate.

Joaquín [teléfono desechable]

∧∧∧

Jason:

Un último encargo para Las Serpientes. Luego todo sigue en pie.

Polly:

¡No! Desearía que todo ya hubiera terminado. ¡Prométeme que tendrás cuidado! Te veré pronto. Te quiero mucho.

Jason:

Todo terminará más pronto de lo que tú crees.
Tendré cuidado.
Te quiero, y al bebé también.

18

JUGHEAD

En la pantalla, una nave nodriza extraterrestre que tenía un cuarto del volumen de la luna acababa de entrar en la órbita de la Tierra. Como puedes imaginar, el público en general no estaba exactamente tranquilo con eso. Por otro lado, para el observador casual y racional, la escena tenía perfecto sentido. Pero casual y racional no era el estado en el que yo me encontraba en ese momento.

Mi padre. Rey Serpiente. No era de extrañar que mi madre se hubiera ido, no era de extrañar que él estuviera bebiendo... y no era de extrañar que Fred Andrews lo hubiera despedido.

No soy idiota. Sé que todo lo que le sucedió a mi padre, le sucedió por su *culpa*. Por sus elecciones y comportamiento. No era una víctima inocente.

No, no era inocente. Pero era mi padre, y a pesar de todo lo malo, aún lo quería.

Así que puedes ver por qué, para mí, la idea de una invasión extraterrestre llegando a la Tierra me parecía un tanto atrayente, justo en este momento. Definitivamente era una mejora potencial de mi situación actual.

Había estado escondiéndome en la cabina de proyección, evitando interactuar con la gente, pero por una vez, el pequeño y atestado espacio parecía tan pequeño y atestado como en verdad lo era. Entonces salí afuera para respirar un poco de aire, solo para recordar de inmediato por qué me esfuerzo por evitar a la gente tanto como me es posible.

El aparcamiento estaba repleto. El *Día de la Independencia* en sí no era una gran atracción, incluso irónicamente hablando, pero por otro lado no había muchas otras opciones en términos de vida nocturna en Riverdale. «La víspera de la Independencia» en el Twilight era una especie de tradición, como el jarabe de arce o contar historias en una hoguera de campamento sobre Sweetie, el monstruo serpiente del Sweetwater.

Algunas personas parecían estar disfrutando genuina y relajadamente; en la parte delantera del aparcamiento, vi a Moose y Midge aparcados con Kevin Keller en el asiento trasero. ¿Supongo que tres no siempre es multitud? Estaban riéndose y arrojando palomitas de maíz a la pantalla cada vez que sucedía algo cursi, es decir básicamente cada cuatro segundos. Tendría que limpiar la suciedad, lo sabía, pero al menos algunas personas se estaban divirtiendo.

Junto al puesto de comida, sin embargo, se había formado un pequeño grupo de personas. Josie, Val y Melody estaban reunidas, las orejas Pussycat en su lugar y las mangas de sus camisetas arremangadas. Josie estaba pasando un teléfono entre algunas personas, una de las cuales era Cheryl Blossom.

—¿Un nuevo tatuaje? ¿Acaso el arte corporal no es la rebelión del siglo pasado? —estaba diciendo Cheryl.

En su favor, Josie solo puso los ojos en blanco. Nunca comprendí por qué eran amigas, pero de alguna manera parecía funcionar.

—Ríete todo lo que quieras, Cheryl, pero es lo nuestro. Nosotras, las Pussycats, aullamos la noche anterior a un recital. Eso a veces incluye el arte corporal, y Val encontró este boceto increíble que nos gustó a todas.

—¿Qué es, el símbolo chino para «miau»? —se mofó Cheryl.

—Los celos no te favorecen, querida —replicó Josie.

—¿Y cuál es el resto del plan? —preguntó Ethel Muggs con timidez.

—Una parte de él es información secreta —le dijo Josie—. Pero, ya sabes, nos gusta armar un poco de revuelo. Y enviar un mensaje un tanto alocado a nuestra apertura para que *sepan* que serán sorprendidos también fuera el escenario.

—Como la última vez, cuando pintamos con grafitis la puerta del lugar de entrenamiento... —comenzó a decir Melody, antes de que Josie la callara con una mirada fulminante.

—¿Y recuerdas esa vez en que me desafiaste a *mí* a una carrera de automóviles? —dijo Reggie, entrando en la conversación.

—Y gané —respondió Josie con suficiencia.

—¿Quieres intentarlo de nuevo? —preguntó.

—Ya perdiste una vez contra nosotras —recalcó Josie—. Eres un segundón.

El rostro de Reggie se endureció.

—¿Sabes? He estado trabajando muy duro todo el día, intentando programar un recital, ¡uno bueno! Mejor que cualquier cosa que vosotras podáis conseguir en esta maldita ciudad pequeña. Y sois unas desagradecidas.

—No te debo nada, Mantle —aclaró Josie, y dio un paso adelante—. Definitivamente no te tengo que dar las gracias por algo que nunca te pedí que hicieras. ¿Cuántas veces tengo que decírtelo? No necesitamos un representante.

—Ya es suficiente, Reggie —dijo Val, más tranquila que Josie—. Es evidente que solo estás haciendo esto porque tienes sentimientos por Josie.

—¿Sentimientos por Josie? ¿De qué estás hablando?

—Vamos —insistió Val, aun más amable de lo que yo hubiera sido—. No es como si nos hubiéramos olvidado de esa vez que inventaste que tenías una enfermedad terminal solo para que Josie fuera contigo al baile del colegio en primaria.

—¡Eso fue en sexto curso! —balbuceó Reggie—. Y lo de Josie fue solo una pequeña parte. Quería comprobar con cuánta facilidad podía engañar a todos vosotros. Y, dicho sea de paso, fue demasiado fácil. ¿No fue Ethel quien organizó un sitio de donaciones en línea para pagar mis «tratamientos»? —Sonrió con malicia hacia Ethel, que se sonrojó y se encogió en el cuello de su camisa.

—¡Solo un sociópata haría algo así solo por diversión! —exclamó Josie—. ¿Es realmente una sorpresa enorme que no te quiera como representante *o* novio?

Reggie apretó la mandíbula. No creía que fuera a golpear a una chica, pero por su expresión, no estaba seguro. Sin importar cuánto quisiera mantenerme al margen de todo esto, no pude permanecer en silencio.

—Vamos, Reggie —intervine—. Todos estáis aquí para ver la película. Relájate. No tienes que enfadarte con Josie porque ella quiera hacer lo suyo.

—¡Cállate, pedazo de raro! —gritó—. ¿Quién diablos ha pedido tu opinión?

Nadie. Nadie me la había pedido. Y, sin embargo, soy un masoquista, pensé, alejándome del grupo.

Cheryl sostuvo la mano en alto.

—Reggie, las chicas no tienen tiempo para esto. Aunque no lo creáis, este pequeño melodrama no es el centro de mi universo esta noche. Mientras hablamos, hay algunas crisis en curso en otras partes que necesitan mi atención—. Así que —se giró hacia Josie—, queridas amigas y —miró a Reggie— compañero de clase, tendréis que disculparme ahora mismo. Tengo que dirigirme a otro lugar.

Se alejó del grupo a zancadas, y sus botas rojas características dejaron unas huellas como signo de advertencia. De forma muy deliberada, chocó de forma directa con Polly Cooper, quien estaba esperando en la fila para comprar palomitas de maíz con algunas de sus amigas animadoras.

—Apártate, diablesa —siseó Cheryl—. Jay-Jay finalmente se ha liberado de ti, y pienso que el resto de nosotros merecemos el mismo privilegio.

Polly solo sacudió la cabeza.

—Intentaré hablar con Betty una última vez —les dijo a sus amigas, y se apartó a un rincón más alejado de la pantalla—. No te preocupes por Jason y por mí —le dijo a Cheryl mientras se alejaba.

—No te preocupes, ¡no lo haré! —gritó Cheryl, iracunda.

Como no quedó nadie en quien ella pudiera centrar su enfado, se giró hacia mí:

—¿No tienes un puente bajo el cual ponerte a llorar? —soltó. La ignoré, pensando que finalmente era hora de regresar a mi «acogedora» cabina de proyección. Había una razón por la que había adoptado mi postura de «indiferencia hacia las demás personas», aun si a veces la olvidaba temporalmente.

Cuando me volví para retirarme, Reggie me sujetó. Sus dedos se hundieron en mi hombro cuando me obligó a girarme.

—La dama te está hablando, rarito —dijo.

—Gracias, pero no necesito un traductor —bramé—. En especial no un estúpido que apenas tiene dominio de nuestro idioma.

—No te atrevas a hablarme de ese modo —gruñó Reggie. Me empujó con tanta fuerza que choqué contra el puesto de comida. De inmediato, surgió un tumulto de reacción (gente gritando, esa chispa de energía en el aire justo antes de que todo se descontrole), pero de inmediato, sus perros falderos, los Bulldogs, lo alejaron.

—Ese *no* vale la pena —dijo uno de ellos, refiriéndose a mí… *Yo* no valía la pena. No estaba ofendido.

—Has tenido suerte, Jones —gritó Reggie cuando me recompuse y me retiré a la cabina de proyección.

Sí. He tenido suerte.

Yo también hubiera dicho eso.

∿∿∿

Había un teléfono en la cabina de proyección, un antiguo modelo a disco que uno nunca hubiera pensado que todavía funcionara, pero lo hacía. Se suponía que no debíamos utilizarlo a menos que fuera una emergencia, pero aun cuando esta no era *en verdad*, *técnicamente*, una emergencia, de pronto parecía como si mi mundo entero estuviera explotando.

Disqué despacio. Me sabía el número de memoria, aunque era uno bastante nuevo. Sonó durante lo que parecieron años. Estaba a punto de colgar cuando escuché el *clic* de alguien atendiendo al otro lado de la línea. Justo en ese momento, ese *clic* pareció como un salvavidas.

—¿Hola?

La voz de Jellybean sonaba diferente, más profunda, un poco más madura, aunque, por supuesto, ella no había estado ausente lo suficiente como para que ese fuera el caso. Aun así, mi propia voz se rompió cuando hablé, y luché para mantenerme compuesto, calmado.

—Hola —saludé, y la palabra tembló—. Soy yo.

—¡Jughead! —Sonaba tan feliz de escucharme que casi compensaba la montaña de mierda que había estado deslizándose hacia mí desde el instante en que me había despertado esta mañana—. ¿Cómo estás?

—Estoy… bien. —Forcé la mentira. Ella no necesitaba enterarse del alcance completo de mi realidad—. ¿Cómo va todo en Toledo, Jellybean?

—Ahora solo me llaman J. B. —dijo, indignada—. Jellybean es *muy* inmaduro.

Sonreí para mis adentros.

—Ah, ¿sí?

—Mamá no está —soltó de pronto—. En caso de que quisieras hacerle una pregunta en particular. ¡Pero puedes preguntarme mí! —exclamó—. Soy buena en transmitir mensajes.

¿Me *echas de menos? ¿Regresarás a casa? ¿Puedo ir contigo? ¿Qué debería hacer con papá?*

¿*Qué voy a hacer?*

No, no tenía una pregunta en particular que hacerle a mi madre. Ella no resolvería esto para mí, no podía hacerlo. Si hubiera podido, me hubiera llevado con ella cuando se marchó.

—Háblame sobre los amigos que estás haciendo, *J. B.* —pedí. Me volví a acomodar en la desvencijada silla de la cabina y la escuché hablar sin parar, parloteando de esa forma hiperdetallada que tienen los niños. Mientras hablaba, eché un buen vistazo alrededor de la cabina de proyección: la disposición interior, los tomas eléctricos, qué muebles podían ser apartados hacia un lado para hacer lugar para un saco de dormir… de ser necesario.

Podría funcionar, decidí. Tendría que hacerlo.

Haría la maleta y la traería aquí más tarde esta noche, después de la película, una vez que el lugar se hubiera vaciado. Dudaba de que alguien me descubriera. Para que alguien lo hiciera, primero tendrían que estar prestándome atención.

—¿Estás escuchando, Juggie?

—Sí, J. B. —aseguré—. Sigue hablando.

De: CBlossom@GranjasdeArce.net
Para: HLodge@IndustriasLodge.net
Re: Sin asunto

Querida, después de todo este tiempo, lamento tener que enviarte esta advertencia, a tu esposo le ha llegado la hora. Me tomé la libertad de incluir un <u>enlace</u> a la historia que el *Times* dará a conocer como primicia en tan solo algunos instantes.

De: HLodge@IndustriasLodge.net
Para: CBlossom@GranjasdeArce.net
Re: Sin asunto

Tomo debida nota de tu compasión, Clifford. Y también de tus lealtades, o falta de ellas, debería decir. Ni por un minuto cometas el error de pensar que este es el final. Y no sobreestimes a mi esposo, ni tampoco a mí.

¿Lejos de casa por un tiempo?
Siéntase en casa con nosotros.
Permítanos darle un gusto con estilo en
El Pembrooke

———❖———

Conocido por sus servicios impecables, su decoración atemporal y su atención al detalle, el Pembrooke es una de las eminentes opciones de hospitalidad *boutique* en Rockland County.

Contamos con una variedad de paquetes de alojamiento para asegurarle la comodidad óptima para su estadía extendida. Nuestras instalaciones ofrecen espacio, comodidades y, lo mejor de todo, ese toque personal.

Para mayor detalle, simplemente haga *clic* en solicitar información y un especialista en reservas se comunicará en breve con usted para ayudarle.

———❖———

NOMBRE DEL SOLICITANTE: Hermione Lodge
FECHA ESTIMADA DE LLEGADA: Inmediata
DURACIÓN ESTIMADA DE LA ESTADÍA: Indeterminada

19

VERONICA

Para mi absoluta consternación (y disgusto), la ridiculez en Barneys me quitó toda la tarde. Después de haber sido escoltada a una fatal habitación secreta de tortura militar, no menos de tres guardias de seguridad distintos y una gerente (Tamsin, quien, debe decirse, no se volvió más amable con el transcurso del tiempo) cayeron sobre mí como langostas. Fue inverosímil: me estaban tratando como a una criminal cuando, cómicamente, lo peor que había hecho desde que había entrado a la tienda había sido *solicitar comprar algunos de sus productos con dinero real*.

Sinceramente, ¡uno se preguntaría cómo tratarían a los verdaderos criminales!

En fin, emplearon una hora o más en reprenderme por la llamada «mala actitud» que había tenido con los empleados, al parecer necesitaron más tiempo de lo necesario porque aparentemente yo no mostraba el arrepentimiento suficiente.

(¡Por supuesto que no lo sentía! ¡No había nada de qué disculparse! Y a duras penas soy alguien que se intimide fácilmente).

Al final, supongo, Tamsin ya había tenido suficiente con su mezquino juego de poder (¿quizás porque había surgido algo urgente en otro sector de la tienda?), y se dignaron a dejarme ir. Les aseguré que tendrían noticias de los abogados de mi padre, y se rieron.

No recuerdo haber tenido ninguna otra experiencia tan mala como cliente en toda mi vida.

Insistí en comprar el vestido de seda púrpura, no porque ellos merecieran recibir algo del dinero tan arduamente ganado por mi familia, pero en este momento sentía que tenía que conseguir *algo* positivo de toda esta experiencia horripilante. Ya había tenido que enviar un mensaje a *Vogue* para hacerles saber que no podría llegar con los materiales.

(Tengo que decir que fueron extrañamente muy comprensivos).

Y eso debería haber sido el final de todo.

Excepto que no lo fue.

—Lo siento, señorita Lodge, pero su tarjeta ha sido rechazada —me informó la vendedora cuando intentó cobrarme. Sostuvo mi American Excess negra de un extremo, como si estuviera infectada o cubierta de veneno.

—Eso no es posible. —Esa tarjeta tiene un límite de gasto de seis cifras, y ni siquiera *yo* había logrado hacer tanto daño este mes—. Vuelva a probarla.

Puso los ojos en blanco y deslizó la tarjeta, de manera agresiva, como si todo el asunto fuera un mero teatro para mí. La caja registradora emitió un pequeño *bip* de protesta. La empleada me sonrió con suficiencia.

—Rechazada.

—Debe haber un error —solté, y le quité de las manos la tarjeta. Le entregué mi Visa, y luego mi MasterClass.

Bip. Bip. Sonrisita. Sonrisita.

—*Lo siento, señorita Lodge.*

—Seguro que sí —siseé, y agarré todas mis tarjetas y las guardé en mi bolso Louis Vuitton.

—Cuando regrese, si lo hago, lamentarán profundamente lo mal que me han tratado.

—Que tenga un buen día —respondió, impasible.

∧∧∧

Así que fue algo muy inesperado encontrarme escabulléndome a casa justo a tiempo para hacer una entrada un tanto tardía, pero dramática, a nuestra propia fiesta, la que se suponía que debía ayudar a preparar. Le había enviado un mensaje a mi madre, por supuesto, para hacerle saber que estaba demorada, pero ella no había respondido. Eso me indicaba que estaba absolutamente furiosa. Mi teléfono se había quedado sin batería justo después de enviarle el mensaje, por lo tanto, no pude conseguir un Uber o un Lyft, y no quería correr el riesgo de que mis tarjetas de crédito fueran rechazadas en un taxi amarillo. Había tenido que *caminar* a casa, y tampoco había tenido tiempo de mirar el *Post*.

Nigel, en el portón del patio, me dedicó un gesto cortante, y mínimamente amable. Absolutamente enfadada, caminé con tanto orgullo como pude hacia nuestro apartamento. En el vestíbulo, Christopher había reemplazado a Andre, y eso significaba que había estado detenida en Barneys durante *literalmente todo su turno*.

—Hola —saludé a Christopher, e intenté sonar más alegre de lo que en realidad me sentía—. Llegando tarde a mi propia fiesta, como lo dicta la moda, atroz, lo sé. ¿Piensas que puedo excusarme con que me gusta hacer una entrada triunfal?

—Por supuesto, señorita Lodge —respondió Christopher, y mantuvo los ojos fijos en un punto indeterminado de su escritorio.

—Era una broma —aclaré, con esa sensación espinosa trepándome por la piel una vez más.

—Por supuesto, señorita Lodge —dijo sin expresión—. Ja.

Fue el intento de risa más escalofriante que había escuchado sin que fuera una película de Stanley Kubrick.

A la izquierda, vi a Nicola Mavis, quien vivía un piso debajo de nosotros, recolectando su correo. Llevaba unos pantalones *palazzo*, de seda pero informales, y estaba descalza, me pareció extraño dado que ella por lo general asistía a nuestras fiestas.

—¿Nos veremos en un rato? —le pregunté. Al parecer, la sorprendí, porque se sobresaltó.

Se giró hacia mí.

—Ah —dijo—. Veronica. Yo… todavía no estoy lista.

—Está bien. —Sonreí—. Yo tampoco. Podemos ser nuestras respectivas coartadas.

Estaba bromeando, por supuesto, pero su respuesta sonó tensa.

—Sí —dijo—. Estaré allí muy pronto.

Pero no sonó muy convincente.

Tomé el ascensor hacia nuestro *penthouse*, extremadamente preocupada sobre qué me estaría esperando cuando llegara allí.

$$\sim\!\sim\!\sim$$

Lo primero que noté cuando las puertas del ascensor se abrieron fue un silencio inquietante. Habíamos contratado un trío de jazz y sí, en teoría se suponía que la música fuera tenue, que incitara a la conversación, que fuera de bajos decibelios y tranquila, pero esto no era *tranquilo*. Esto no era *nada*.

De hecho, la sensación del vestíbulo entero a medida que avanzaba, los latidos de mi corazón acelerándose en la garganta, era de animación suspendida. La atmósfera estaba pesada, tensa, para nada ligera como uno esperaría en una gran celebración. Los invitados estaban aquí, reunidos —allí estaba una de las herederas Vanderbilt llevando un vestido Gabbana ceñido que apenas vestía con gracia, la pobre— pero estaban en silencio, como si se encontraran conteniendo el aliento de manera colectiva.

Mi objetivo era escabullirme a través de la cocina y hacia el pasillo trasero del alojamiento de los sirvientes, por donde podría dirigirme con sigilo hacia mi habitación para cambiarme con prisa. Pero no fue así como sucedió.

—¡Cariño! —Era mi padre, su voz resonante, y su tono no reflejaba la atmósfera extraña del lugar—. Ven aquí, por favor. —Me estaba llamando desde su oficina.

—Por supuesto, papikins. —Avancé con cuidado, como si la habitación estuviera repleta de trampas por razones que no podía explicar. Sí, los invitados estaban aquí, reunidos, pero se encontraban quietos, conmocionados, inmóviles, casi como figuras de un museo; uno sostenía una copa de Sancerre con la fuerza de un atleta olímpico, había un mini *roll* de langosta suspendido a mitad de camino entre el plato y una boca abierta, como si el invitado hubiera olvidado de que su plan original era comerlo. Estaba el trío de jazz, reunido como siempre junto al hogar, las puertas francesas abiertas para dejar entrar el aire veraniego. Pero sus instrumentos estaban en silencio.

Los sirvientes también estaban apiñados como maniquíes, alineados contra la pared más lejana del vestíbulo con sus camisas blancas y pantalones negros como el ejército mejor vestido y más pasivo del mundo.

Cada mirada en el apartamento se posó sobre mí cuando me dirigí a la oficina de mi padre. Allí estaban Cam, Nick y Annie, sus propias caras inescrutables mostraban varias expresiones opuestas que no pude descifrar en ese momento.

—Papá —dije, y deseé que mi voz sonara más fuerte—, todo parece muy raro, ¿ha pasado algo? ¿Me he perdido las noticias mientras estaba fuera? ¿Quizás un artículo en el *Post*? Ah... eh, tengo que contarte sobre el acoso horrendo que he sufrido en Barneys. Ha sido...

Me detuve.

Dejé caer mi bolso. Cayó sobre mis zapatos de punta abierta, lo que debió haberme dolido, o al menos haberme hecho palidecer, pero estaba tan conmocionada por el espectáculo que tenía delante de mí que no hice más que parpadear.

Si los salones de afuera estaban atestados —con invitados balbuceantes hechos de cera— entonces esta habitación se encontraba eléctrica. Solo había espacio para estar de pie, ya que estaba plagada de oficiales uniformados. Efectivos del departamento de policía de Nueva York, miembros de la Comisión de Bolsa y Valores... nombres que hicieron que mi cabeza diera vueltas.

La oficina en sí había sido destruida. Los cajones del escritorio estaban tirados hacia afuera por completo, los contenidos desparramados, arrojados sobre el suelo entre hojas y hojas de papel. Había carpetas de archivos desplegadas sobre todas las superficies disponibles. Un revelador cesto de basura de alambre tenía los restos de algo que había sido triturado. Posiblemente hace poco tiempo.

—¿Qué está sucediendo? —pregunté, a pesar de que una voz en mi interior me explicaba *exactamente* lo que estaba sucediendo. Eso que debí haber sabido que vendría, en algún momento. Si me hubiera molestado en prestar atención a las señales. En reconocer la falibilidad de mi propia familia.

—No digas ni una palabra. —Era Roger Glassman, el jefe de abogados de mi padre. Así que él estaba aquí. Y le estaba ordenando a mi padre que no dijera nada, ni siquiera a mí, su propia hija.

Con razón la gente de Barneys pensaba que mi padre y sus abogados estarían «ocupados».

Con razón mis tarjetas habían sido rechazadas.

Sí, me había perdido la noticia. O las siete últimas noticias. O algunos centenares de señales obvias.

Durante años, habían existido rumores sobre mi padre y algunos posibles acuerdos de negocios sospechosos. Nunca los escuché, por supuesto. ¿No eran *todos* los hombres exitosos de negocios acusados de ser fraudulentos y embaucadores en algún momento u otro? Era el precio del éxito: un blanco en tu espalda. «A la mayoría de los reyes se les corta la cabeza». Y aquí, al final, había llegado el momento de que mi padre pusiera la cabeza en la guillotina. Y de manera horripilante, todos sus amigos y colegas estaban presentes para despedirlo. Regodeándose en su caída. Agradecidos de que ellos hubieran evitado las balas esta vez.

—¿Señorita Veronica Lodge? —Uno de los oficiales se me acercó.

Le eché un vistazo a Glassman, quien asintió.

—Sí.

—Su padre se está enfrentando a algunos cargos muy graves. Tenemos una orden para registrar el lugar, y lo llevaremos bajo arresto cuando terminemos. —Sus ojos se mostraron más amables de lo que yo hubiera esperado, como si lamentara estar arrastrándome a esto—. Quizás quiera esperar en el vestíbulo o en alguna otra habitación hasta que terminemos.

—Escúchalo, cariño —dijo mi madre. En su frente, las arrugas de preocupación se habían transformado en arrugas de culpa.

—Mamá…

—Escúchalo —repitió con mayor suavidad, pero con más firmeza esta vez.

Quería ser valiente, fuerte y orgullosa, ser la clase de persona que podía enfrentar a la multitud que estaba esperando y merodeando como buitres en la sala de estar. Pero supongo que no soy realmente esa persona, no cuando la situación se vuelve extrema. Porque cuando salí de la oficina, escapé de inmediato a la supuesta seguridad y privacidad de mi propio dormitorio.

Excepto que mi dormitorio no me ofreció privacidad. Y, de hecho, no estaba vacío en absoluto. Mis amigos se habían reunido allí: Annie, Cam, Nick… Se me llenaron los ojos de lágrimas y mi corazón se hinchó con gratitud. Gracias a Dios por los amigos, o este momento sería completamente intolerable.

—Chicos —suspiré sin aliento—, es una locura lo que está sucediendo ahí afuera. Están revisando todos los archivos de mi padre, buscando… ¡ni siquiera sé qué! Dicen… —Hice una pausa para contener una lágrima—… que lo van a arrestar.

Me desplomé sobre la cama con dosel. En realidad, quería hacerme un ovillo, hacer que mi madre me cubriera con mantas y me acariciara la espalda, que me asegurara que todo estaría bien, a pesar de que todo indicaba que no sería así.

—Gracias —dije, conmovida—, por estar aquí. Por no iros. Por quedaros conmigo. —Tragué saliva—. Sois amigos de verdad.

Hubo una pausa prolongada. Si bien éramos muy cercanos, sabía que esta gente no estaba acostumbrada a tales muestras de sinceridad por parte de Veronica Lodge. ¿Quizás había sido demasiado franca, demasiado real?

Pero después, comenzó: primero, una risita contenida, viniendo del mismo Nick St. Clair, quien esta mañana me había declarado su amor eterno. Luego Annie le hizo eco, una risa chillona que sonó como una hiena o algún otro animal salvaje. Por último, pero no menos importante, siguió Cam, la única chica a la que me había sentido más cercana —con seguridad mi mejor amiga después de Katie—, quien se dobló sobre sí misma y se rio tan fuerte que tuvo que enjugarse las lágrimas de los rabillos de los ojos.

Me senté muy derecha en la cama.

—¿Qué está sucediendo? —Aunque, en verdad, lo sabía. Lo sabía con certeza.

—¿Pensaste que vinimos aquí porque somos tus amigos, Ronnie? —preguntó Cam, y la golpeó otro espasmo de histeria—. *Por favor.*

—Vosotros sabíais lo que sucedería. —No era una pregunta.

—Querida, *todos* sabían lo que sucedería. Nuestros padres han estado hablando de esto durante semanas. Supongo que los tuyos intentaron ocultártelo. Y lo consiguierom. —Cam sonaba muy satisfecha consigo misma.

—La única razón por la que vinimos esta noche fue porque queríamos sentarnos en primera fila para presenciar la carnicería —informó Nick.

¿Era mi cabeza la que giraba o era el dormitorio? Seguro, mi padre era despiadado, y sí, tenía sus enemigos, pero ¿esto? ¿Las personas que creía que eran mis amigos literalmente estaban aquí para reírse de mi desgracia?

—¿Qué fue… qué fue lo de esta mañana, Nick? —pregunté, y mi estómago se retorció de solo recordarlo.

—¡Ah, sí! —Sus ojos se iluminaron—. Eso solo fue algo extra que planeamos para hacer que este momento fuera realmente —hizo un beso de chef— inolvidable.

—Eres retorcido —gruñí—. Con razón siempre me pude resistir a tus encantos.

—Ay, calla, Ronnie —pidió Annie—. No estabas interesada en Nick porque estabas demasiado ocupada saliendo con cualquier chico que nos gustara a cualquiera de nosotras. Porque eres *muy buena amiga*.

Me quedé mirándola, mi respiración acelerada.

—Como si fuera mi culpa que ningún chico escogiera Payless cuando podían tener Prada. Mírate detenidamente al espejo…

—Mira tu *alma* detenidamente en el espejo, *Ronniekins* —soltó Cam—. Ah, no, espera… ¡no tienes una! De tal padre, tal hija.

Annie se acercó a mi cara, tanto que pude oler los Tic Tacs de naranja que debió haber estado comiendo mientras esperaba que volviera a casa.

—Desde el maldito primer curso has estado intimidando a todos en nuestro instituto. Piensas que eres intocable, que te seguiremos de forma incondicional porque te reverenciamos. Sin embargo, todos te *odian*, Ronnie. Mereces todo lo que te está sucediendo. Tu padre es el estafador más depravado desde Bernie Madoff, y se hundirá. Y no hay ni una maldita forma de que tú y tu madre salgáis sin ningún rasguño.

Cam se acercó a Annie.

—*El karma es una perra, Veronica* —cantó en voz baja—. Pero no tan perra como tú.

Los tres salieron del dormitorio juntos, agarrados de las manos como niños en el patio, aún riendo.

∿∿∿

Como habían prometido, se llevaron a mi padre esa noche. Para ese entonces, los invitados por fin habían sido obligados a retirarse, aunque habíamos tenido que llamar a un Christopher reticente para que se encargara de la tarea. Parecía sentir pena por lo que mi madre y yo estábamos atravesando.

Pero no tanta.

Una vez que todo estuvo vacío, mi madre finalmente se quitó los tacones. Aún usando su vestido de fiesta, se desplomó en el diván de la recepción sosteniendo una generosa copa de vino en la mano. Sacudió unas pequeñas pastillas blancas de una cajita que había sacado de un bolsillo y las tragó junto con el alcohol. Incluso yo sabía que eso no era una buena señal.

Finalmente pude acurrucarme en su regazo. Me acarició el pelo, y no se quejó ni una vez de que yo estuviera manchando su vestido blanco con mi maquillaje. Decir que ese era el menor de nuestros problemas era... el colmo de la sutileza.

—¿Cuándo volverá? —pregunté, mi voz temblorosa.

—No lo sé, cariño —admitió mi madre—. Las personas que se lo llevaron han estado queriendo hundirlo durante mucho tiempo.

—Pero... es inocente, ¿verdad? Tiene que serlo. Lo que Cam ha estado diciendo... no puede ser verdad.

Mi madre se quedó en silencio. Podía sentir su pecho subiendo y bajando con su respiración. Olía a fresia y a nardo, sus fragancias favoritas. Nunca más sería capaz de asociar ese aroma con sentirme segura, ¿verdad?

—¿Y ahora qué? —pregunté.

—Bueno —respondió con lentitud—, los bienes han sido embargados, por lo menos temporalmente. Es decir que nuestro presupuesto está... muy comprometido.

—Estamos sin dinero.

—No del todo. No para los estándares normales. Pero tendremos que hacer algunos... cambios en nuestro estilo de vida.

Me senté, preocupada.

—¿Cómo cuáles?

—Bueno, para empezar, este apartamento. Los gastos son astronómicos. La política de subalquilar es muy estricta aquí, pero es probable que pueda conseguir un permiso especial. Aunque no lo creas, todavía tengo algunos amigos en el directorio.

—¿Subalquilar? Entonces, ¿a dónde iremos? ¿A los Hamptons? ¿A la casa del lago? —No era lo ideal, pero tampoco era la peor manera de pasar el verano, después de todo.

Pero mi madre sacudió la cabeza.

—Ojalá pudiéramos, cariño. Pero esos también son bienes. Y no tendremos acceso a ellos hasta que tu padre quede en libertad.

—Hasta que se demuestre su inocencia.

—Hasta que quede en libertad —insistió, rehusándose a ceder—. De una manera u otra.

—¿A dónde iremos, entonces? —Teníamos familia, por supuesto, una gran familia extendida, pero dudaba de que mi madre quisiera regresar a ellos en nuestra hora más oscura. Era una cuestión de orgullo.

—Bueno —dijo ella, y apoyó la copa de vino—. En realidad, ya me ocupé de los arreglos. Pensé que era importante estar preparadas.

—¡Lo sabías! Sabías que esto sucedería y me lo ocultaste.

—Estaba intentando protegerte —aseguró—. Estaba preocupada, pero mantenía la esperanza de que todo saliera bien. De que no llegaríamos a este punto.

—Creo que puedo entender por qué lo hiciste —dije, entrelazando mis dedos con los de ella—. Así que, ¿a dónde iremos?

—¿Recuerdas la ciudad en la que crecí?

—Eh, solo un poco. ¿Es esa pequeña ciudad, esa mezcla ordinaria de Norman Rockwell/*Brigadoon* de… espera… jarabe de arce, batidos y antigua música pop?

Se rio.

—Algo así. Pero es un poco más que eso.

—Eh, no quiero ofenderte, pero no parece que hubiera algo más.

—No es tan mala —me aseguró—. Ya verás.

—Queda en el norte, ¿no es así? ¿River Vale?

—Sí, bajando del Metro North. River*dale*.

—Claro, sí. —Solté un quejido e intenté mostrarme animada. Fue difícil—. Creo que me aseguraré de guardar mis faldas amplias y calcetines con volantes.

Mi madre me abrazó con fuerza.

—Haz las maletas rápido, cariño —dijo—. Nos iremos mañana.

Ey, lectores, ¿quién de vosotros recuerda a Veronica Lodge, la heredera del lobo de Wall Street, Hiram Lodge, de las Industrias Lodge? ¿Os suena? ¿O acaso los sucesos del mundo de las finanzas no son exactamente vuestros cotilleos preferidos?

Os lo aseguramos: conocéis a Ronnie. La habéis visto saludando a Rihanna con besos aéreos en fotografías de la Gala del Met del año pasado. Y también sabemos que está colaborando con las gemelas Olsen en una serie de bolsos de cuero ecológico.

Para la elite social de Nueva York, una invitación a la fiesta del Cuatro de Julio de los Lodge es lo mejor. Estábamos listos para daros toda la información de la celebración, pero este año, las cosas se han vuelto un poco... diríamos, ¿turbulentas?

La pobre niña rica llegó a casa, a su propia fiesta, para encontrar a los federales llevándose a su padre. Si buscáis una mayor dosis de satisfacción, podéis leer el artículo completo sobre el arresto **aquí**. Las Industrias Lodge todavía tienen que hacer su declaración.

Lo único que podemos decir es esto: donde hay humo, hay fuego. Y esta es una diva cuya vida ha estallado en llamas.

—Cleo T. de *Hello Giggles*.

20

ARCHIE

Para ser un autoproclamado chico sencillo, tenía un tumulto de pensamientos traqueteando en mi cabeza mientras hacía el equipaje para quedar con Geraldine: las mentiras entre mi padre y yo, la distancias con Jug, el hecho de que descubrir la música me estaba alejando de los Bulldogs y de todo lo que solía definirme en primer lugar. El hecho de que me había involucrado con mi profesora de música y no podía contárselo a nadie.

«No guardes demasiadas cosas», me había dicho cuando hablamos por primera vez sobre pasar la noche acampando. «No necesitaremos mucho». Y estaba seguro de que ella tenía razón, pero estaba tan nervioso que apenas me di cuenta de lo que estaba guardando en la mochila: una camiseta, algunos calcetines limpios. Una linterna, una botella de agua. No era Dilton Doiley, no necesitaba ninguna clase de equipo de supervivencia.

Sinceramente, echaba de menos a Betty.

No hubiera sido capaz de hablarle sobre Geraldine, sabía que no lo aprobaría; Betty era tan buena chica que nunca hubiera aceptado que alguien rompiera las reglas de esa forma. Pero quería contárselo. O, no lo sé, quería hablar con ella sobre cualquier cosa. Sobre nada en particular. Tener una conversación sencilla como solíamos tener todo el tiempo, antes de que se marchara a L. A.

Instintivamente, miré hacia la ventana de su habitación. Estaba la luz encendida, eso me desconcertó. Una cabeza rubia estaba buscando algo en su cómoda, abriendo y cerrando cajones y sacudiendo la cabeza. Durante un segundo, pensé que estaba viendo cosas. Pero después me di cuenta: era la rubia equivocada. Era Polly, no Betty. Y estaba hurgando a escondidas.

Di unos golpecitos en mi ventana, nuestro antiguo código para llamar la atención del otro, mucho antes de que ambos tuviéramos teléfonos. Polly levantó la vista, aunque ese llamado había sido algo entre Betty yo, por supuesto. Levantó la ventana y me hizo un gesto para que hiciera lo mismo.

—¿Qué sucede? —pregunté.

Miró por sobre su hombro de manera furtiva, como si no quisiera que alguien en la casa la escuchara.

—¿Has hablado con Betty últimamente?

Sacudí la cabeza.

—No, en realidad no hemos hablado desde que se marchó a L. A. —Era la segunda vez en el día que admitía eso, y todavía parecía como un puñetazo en el estómago—. ¿Y tú?

—He estado intentando comunicarme con ella durante todo el día —respondió y, durante un segundo, pareció como si hubiera un pánico real en sus ojos—. Yo, eh… bueno, le iba a dejar una nota, pero no quiero… ya sabes, que mi madre revise nuestras cosas…

—¿Dejarle una nota? ¿Sobre qué? —Polly se estaba comportando de una manera tan extraña que me estaba preocupando un poco.

Una expresión cruzó su rostro, como si estuviera considerando algo, cambiando de opinión.

—No importa, da igual. Está bien —dijo—. Eh, seguiré intentando hablar con ella.

—¿Estás segura? —¿Por qué todos teníamos tantos secretos? ¿Y cuál sería el costo de mantenerlos bien guardados?

—Sí. Solo… bueno, si hablas con ella, o cuando lo hagas, solo hazle saber que estuve intentando comunicarme con ella.

—Lo más probable es que tú hables con ella mucho antes que yo —comenté. Pero parecía tan… no lo sé, triste y asustada por alguna razón. Agregué—: Pero sí, por supuesto.

—Genial —suspiró, y su rostro se relajó. Lo que fuera que estuviera sucediendo, había logrado decir lo correcto.

Y luego, desde la calle, los escuché: tres golpes de claxon que significaban que Geraldine me estaba esperando en un sector sombrío donde mi padre no me vería.

Era hora de marcharme.

∿∿∿

Geraldine conocía un claro que no estaba demasiado alejado de la caleta Striker, pero que se encontraba completamente apartado. Dijo que un círculo de olmos había crecido, justo más allá de la orilla y había formado un escondite secreto. No nos resultó difícil encontrar el camino, incluso en la oscuridad. Mantuvimos los brazos enlazados alrededor de nuestras cinturas.

—¿Cómo crecieron los árboles con ese patrón? —pregunté—. Es una locura. Como algo salido de una película de terror.

—¿Dónde está tu sentido del romance? —bromeó Geraldine—. La naturaleza nos hizo nuestra propia casa del árbol. Literalmente.

Desenrolló unas colchonetas y tendió una manta sobre ellas. Hablamos sobre armar una tienda, pero decidimos que no la necesitábamos. Era agradable recostarse y mirar las ramas de los árboles que se entrecruzaban en el cielo. Las estrellas se asomaban en intervalos regulares.

—Es precioso —comentó Geraldine, y apoyó la cabeza sobre mi pecho.

—Lo es. Hace que quiera escribir una canción. —Cliché, quizás, o estúpido, pero cierto.

—He traído mi guitarra —anunció—. Pero creo que no deberíamos tocarla si queremos pasar desapercibidos. El sonido viaja y tú estabas diciendo que creías que los Scouts Aventureros estaban cerca.

—Sí, tienes razón. —Giré hacia un lado para quedar enfrentado a ella y entrelacé los dedos en su pelo—. Está bien.

—Estoy segura de que podemos pensar en otras maneras de pasar el tiempo —dijo.

Después de eso, no hablamos mucho.

ᴧᴧᴧ

No sé cuánto tiempo nos quedamos despiertos, completamente ensimismados en el otro. Había estrellas en el cielo, y después la oscuridad comenzó a menguar. En algún momento, debimos habernos quedado dormidos. Cuando desperté, me di cuenta de dos cosas con un sobresalto.

La primera, tenía cinco llamadas perdidas en mi teléfono. Una era de Reggie, quien seguramente me quisiera hablar sobre la lealtad Bulldog. El resto, sin embargo, eran todas de Jughead. *Mierda.* No solo le había dicho a mi padre que estaría con Jughead, sino que también le había dicho eso al propio *Jughead.*

Se me contrajo el estómago. Era un amigo horrible.

Después vino lo segundo, rápido y claro y terriblemente certero. Me senté, sumido en el pánico, y me di cuenta de que Geraldine también había hecho lo mismo.

Ambos supimos, al mismo tiempo, qué nos había despertado. No había sido el amanecer, o el estridente toque de corneta de Dilton Doiley. Era un sonido diferente: inequívoco e imposible de ignorar. Era un sonido que nunca olvidaría.

Un disparo.

EPÍLOGO

JUGHEAD

Nuestra historia trata de una ciudad. Una localidad pequeña. Y sobre los vecinos que viven en ella, cuyos caminos de vida se entrecruzan como caprichosas bolas de pinball.

De lejos, es similar a una de tantas ciudades de provincia que hay en el mundo. Segura. Decente. Inocente.

Pero si te acercas, empezarás a ver las sombras que hay por debajo.

El nombre de la ciudad es Riverdale: ¡la ciudad con vitalidad! Pero toda ciudad pequeña tiene sus secretos.

La historia de Riverdale —que trata sobre muchos de nosotros— llegó a su punto crítico la noche anterior al Cuatro de Julio, donde los sucesos convergieron de forma catastrófica en puntos de inflexión de los que nunca nos podríamos recuperar. Betty, Archie, Veronica y yo; estuvimos todos, sin quererlo, en un momento crucial.

Para nosotros, pareció como un final.

Pero para una persona en particular lo fue. Un final permanente y real.

Una persona que nunca esperamos que encontrara ese final.

Y así, como todas las buenas narrativas, nuestra historia, la historia de Riverdale, la miríada de tentáculos que tiraron hacia el interior y exterior de la órbita de cada uno, al parecer sin nuestro conocimiento, y

245

mucho menos voluntad, nuestra historia se volvió circular. Nuestros finales condujeron hacia una historia nueva, un comienzo nuevo.

Esta historia comienza con lo que los gemelos Blossom hicieron el Cuatro de Julio.

Justo después del amanecer, Jason y Cheryl condujeron hacia el río Sweetwater para un paseo matutino en bote, como era su costumbre.

Lo siguiente que sabemos que sucedió es que Dilton Doiley, líder de la tropa de los Scouts Aventureros de Riverdale, en una expedición para observar aves, se encontró con Cheryl a la orilla del río. Se encontraba empapada, sollozando, llamando a Jason. Pero él había desaparecido. Se había caído del bote, explicó Cheryl, cuando había intentado recuperar el guante de ella. La teoría es que entró en pánico y se ahogó.

La policía de Riverdale buscó el cuerpo de Jason en el río Sweetwater, pero nunca lo encontró.

Una semana después, la familia Blossom enterró un ataúd vacío, y la muerte de Jason fue declarada un accidente.

Por supuesto, Jason era el capitán de todos los equipos deportivos del instituto Riverdale, polo acuático incluido. Y durante las vacaciones de verano, trabajaba como socorrista en el club de campo. Lo que hacía que uno se cuestionara sobre un ahogamiento accidental. Pero nadie hizo demasiadas preguntas; los Blossom eran como rosas venenosas en el jardín de Riverdale, y nadie quería pincharse con sus espinas.

La Tragedia del Cuatro de Julio pronto se transformaría en otra leyenda urbana, una historia de advertencia que regurgitaríamos de manera infinita.

Hasta que, o a menos que, una nueva revelación saliera a la luz.

Toda ciudad pequeña tiene sus secretos. Y nosotros cuatro también los teníamos. Pensábamos que los habíamos encerrado en nuestras propias bóvedas mentales privadas, los habíamos empaquetado y dejado atrás. No sabíamos que eso era imposible de hacer.

Muy pronto Veronica llegaría a Riverdale, abriría un nuevo misterio, un nuevo conjunto de leyendas, de especulaciones e historias susurradas.

Existe una idea sobre Riverdale: qué clase de ciudad es, qué clase de familias viven allí. Una noción de que permanece inmutable e inalterada, como si estuviera congelada en una cápsula del tiempo. Pero ese es solo un aspecto de ella, y es solo la superficie.

La verdad es que si de verdad quieres entender a Riverdale y la clase de lugar que es, tengo que hablarte sobre las sombras. La ciudad debajo de la ciudad.

Tengo que contarte todo. Todos tenemos que hacerlo. Tenemos que confesarnos.

Es el momento de hacerlo.

ACERCA DE LA AUTORA

Micol Ostow ha escrito más de cincuenta obras para lectores de todas las edades, entre las que se encuentran proyectos basados en series y películas, como *Buffy, la cazavampiros*, *Embrujadas* y más recientemente, *Mean Girls: A Novel*. De niña dibujó sus propias viñetas de los cómics de Archie, y en su pasado como editora publicó el juego *Betty & Veronica Mad Libs*. Vive en Brooklyn con su marido y dos hijas, quienes también están muy obsesionadas con la cultura popular. Puedes visitarla en su página web: micolostow.com

¿TE GUSTÓ
ESTE LIBRO?

Escríbenos a

puck@edicionesurano.com

y cuéntanos tu opinión.

ESPAÑA /MundoPuck /Puck_Ed /Puck.Ed

LATINOAMÉRICA /PuckLatam

/PuckEditorial

¡Gracias por vivir otra
#EXPERIENCIAPUCK!

 PUCK

ECOSISTEMA DIGITAL

NUESTRO PUNTO DE ENCUENTRO

www.edicionesurano.com

2 AMABOOK
Disfruta de tu rincón de lectura
y accede a todas nuestras **novedades**
en modo compra.
www.amabook.com

3 SUSCRIBOOKS
El límite lo pones tú,
lectura sin freno,
en modo suscripción.
www.suscribooks.com

DISFRUTA DE 1 MES
DE LECTURA GRATIS

1 REDES SOCIALES:
Amplio abanico
de redes para que
participes activamente.

4 APPS Y DESCARGAS
Apps que te
permitirán leer e
interactuar con
otros lectores.